風臨火山

徐毅振｜著

當災難來臨時，人將何去何從？

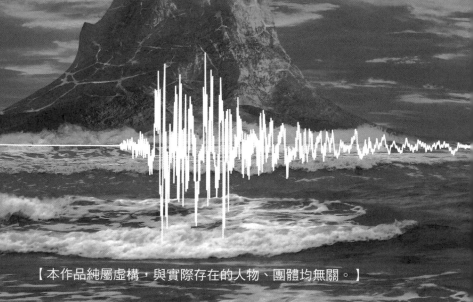

獻給對火山會議充滿好奇的、深愛的小公主。

作者序

　　曾經有一位美麗的女孩問我：「火山會議？好像很有趣。」

　　「為什麼會覺得有趣呢？」

　　「因為……總感覺在台灣討論火山會議，好像背後其實另有隱情或故事的樣子……」

　　這部小說，就是這樣來的。（被毆～）

　　「或許真的可以創作出一段特別的故事，但……大概要等到我離職之後才有可能寫出來吧，例如說65歲退休那時候……」

　　沒想到我真的離職了。

　　所以這部小說出版了。（被毆飛～）

　　離開了打滾20年的專業領域，說不遺憾是騙人的。然而，做出艱難的決定，也從來都不是一時衝動，而是長期累積下來的各種推力與拉力，加上壓垮駱駝最後好幾根稻草的結果。所以，創作了這部作品，告別曾經被自己視為一生的志業，告慰人生的抉擇。

　　然後，乘載著人生的累積，走向下一步：StoryTeller。

　　對18歲以前沉默寡言的我而言，在眾人面前說故事簡直是難以想像的呱張行為。然而隨著大學社團營隊的訓練、樂團的表演、補教菜鳥的授課、學術界的發表、氣象局地震走廊和SOS解說、《康熙台北湖》的發表及走讀之旅……逐漸讓我感受到，把特別的故事分享給想聽故事的人，是一件多麼純粹且美好的過程。

而創作出獨特的故事，更是一種孤獨處境中爆發出來的生命力，燃燒殆盡，昇華絢麗。

　　是為序。

致謝

　　對中央氣象局地震測報中心EEW小組、鄉鎮市區震度顯示系統工作團隊、自動震源機制小組、以及不分日夜平假日共同解決各種故障排除事件的即時地震資料收錄系統維護團隊（包含地震監測課、系統維護課、研究發展課、M班、M2班等多位業務相關同仁），致上最高的敬意。

　　感謝地震監測課課長把我拉入火山工作小組團隊。

　　對一同經歷許多採購案的主計室、採購科、氣象預報中心同仁，以及許多廠商代表、業務和工程師，表達誠摯的謝意，豐富了我的人生閱歷。

　　感謝資料應用課安排地震走廊解說，感謝三組服務科科長對我加入SOS解說團隊的提攜與鼓勵。

　　由衷感激地震測報中心主任、副主任、課長等各級長官在工作之餘各方面的照顧與協助，助我度過難關。

　　感謝從大學以來一路給予指導的各位教授、研究人員與地科界的同儕，特別是研究所時期的各位指導教授，讓我得以窺探地球科學研究領域的奧妙，對我的人生產生重大影響。

　　感謝父母，數十年來持續支持著這個個性古怪、腦袋一堆奇怪念頭、做出各種讓老人家心臟負荷不了的決定的兒子。

　　感謝我親愛的孩子，妳的童言童語和歡樂笑容就是對把拔的最大支持，感謝上天讓我成為妳的父親。

要感謝的人實在太多，太多了（加強語氣）。我也深刻感謝著，那些無法把我擊倒的挫折，終會進一步化為促使我成長、令我更強壯的養分。所以，我不只要謝天，也要謝地了。

　　感謝這顆活力旺盛的地球，給予我寫作這部小說的靈感來源。

冰島艾雅法拉火山

LANL
洛斯阿拉莫斯國家實驗室

Kursk號爆炸位置

北韓核爆試驗場
日本御嶽火山
日本阿蘇火山
日本新燃岳火山
台灣北部神祕巨響位置

日本三澤空軍基地
★ 東日本9.0
　大地震+大海嘯
JpGU橫濱國際平和會議場

☀ 南海神祕爆炸疑似位置

★ 印尼蘇拉威西島地震+海嘯

紐西蘭白島（懷特島）火山 ▲

「其疾如風，其徐如林，侵掠如火，不動如山，難知如陰，動如雷震。」
——《孫子兵法》〈軍爭第七〉

基隆外海海底火山群

大屯火山群

台灣北部神祕巨響位置 ▲ TVO大屯火山
觀測站

山腳斷層 中央氣象局
地震測報中心

台北看守所

大溪老街 ▲ 宜蘭頭城海灘
龜山島火山

台中港日式Outlet
台中大肚山頂 台中市區七期重劃區

雲林口湖海邊
蚵棚架

中央氣象局
南區氣象中心

海景便利商店

第0話　天意難違

雲林口湖，蚵棚架旁。

「碰！碰！碰！」

不遠處傳來幾聲槍響。

「好了，來收屍吧。」一名年約30多歲的黑衣男子丟下手上的菸蒂，用腳輕輕踩熄，對身旁的年輕男子淡淡的說著：「確認一下身分。」

年約20多歲的年輕黑衣男子，動作生疏的搜著屍體衣著上的口袋，總算在錢包搜到一張身分證。

「張天意，雲林縣口湖鄉……跟我一樣20幾歲啊……不知道以後哪一天我會不會也跟他一樣？」年輕黑衣男子低聲感嘆著。

「你小子沒膽啊！會怕還當什麼黑道！」30多歲黑衣男子聽了有點不爽，不耐煩地催促著：「好了！總裁要的就是這個人，不要想太多！趕快把它打包，工作做完就走！」

強勁的海風，漆黑的夜晚，一個父母長年在外工作、沒什麼親朋好友、大學地球科學系畢業後就返家獨居的年輕人，就此失去寶貴的生命。

卻是這一切故事的開端。

第1話　分秒必爭

台北，中央氣象局地震測報中心。

SocPop

From: EEW-DCSN2
---EEW系統自動地震訊息---台北時間2020-02-15 09:00:08震央位於花蓮地區121.52 23.94深度10規模6.1，請參考。

確定

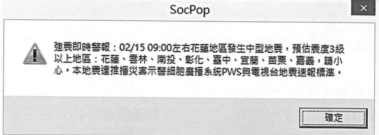

SocPop

強震即時警報：02/15 09:00左右花蓮地區發生中型地震，預估震度3級以上地區：花蓮、雲林、南投、彰化、臺中、宜蘭、苗栗、嘉義，請小心。本地震達推播災害示警細胞廣播系統PWS與電視台地震速報標準。

確定

SocPop

注意：電視推播啟動——

確定

地震測報中心的每一台電腦，螢幕上接連跳出各式警報訊息，APP的警報聲隨後響起。辦公室的每個人都放下手邊工作，迅速聚集到發布台前，看著大螢幕川流不息的展示著即時地震波形、自動**picking**(註1)的到時和地震測站分布，摒息以待。

　　地震中心大辦公室的正中央，是個看似NBA球場正上方的環繞電視牆。不過，播放的當然不是NBA球賽，而是各種地震資訊監控畫面。電視牆的其中一側下方平台設置2台發布主機，氣象局官網上發布的地震報告都在此處理。辦公室座位則是一圈一圈的圍繞著電視牆，是必須第一時間處理地震資料的VIP席。緊鄰著辦公區域的機房設置著密集的機櫃與主機，和降溫冷氣都無時無刻高速運轉著。

　　「大毅，這顆花了幾秒？」副主任詢問著EEW(註2)系統的負責人、同時也是建構並開發出整套EEW系統的首席程式設計師程大毅博士。

　　「報告副主任，這顆約15秒發送出去。」身材高壯、卻總是臉色和悅的大毅博士，很快就給出答覆。

　　「嗯……已經採用了新方法、測站也從200多增加到400多，島內地震基本上都可以壓到10秒以內了，但東部近岸的還是有困難阿……」副主任若有所思。

　　「大毅，花蓮好幾個測站的波形這次一樣受到地下構造影響，P波衰減到振幅較小，沒達到觸發門檻，導致需要等待更多測站才能完成定位(註3)。」EEW系統的小組成員之一、同時也是即時地震資料接收系統負責人Eason說著。

　　「鈴鈴鈴鈴鈴……」辦公室的電話紛紛響起！

　　「您好，地震測報中心……是的，剛才花蓮地區發生地震，目前發布人員正在分析處理中，請稍後。」駐點工程師按耐著記者急電。同時，許多同仁也紛紛hold住來電，現場恢復平穩——

　　「咚咚咚咚咚……」

宛如戰鼓般的急促鼓聲，在眾人的期待中猛然響起。發布人員點開程式介面，比較2套自動定位結果，震源位置、深度、定位誤差都在容許範圍內，P波、S波picking數量都足夠，確認picking的到時也沒問題——OK，進入震度檢視介面，檢查是否有震度及波形異常測站……檢查完畢，確認地震報告無誤，送出！FTP傳送OK，傳真OK，網頁和opendata（註4）都確認完畢，發布人員開始填寫發布流程檢查表。

　　「您好，剛才的地震已經發布，震央位置在花蓮縣壽豐鄉，最大震度4級……」原本hold住電話的同仁陸續回覆。

　　「不好意思，請問這次地震的原因是？」電話另一端的記者急問，趕稿的壓力也是挺大的。

　　「您好，關於地震發生的原因，稍後將由中心長官統一說明。」

　　「後面還有一顆！EEW規模5.5！一樣在花蓮！」駐點工程師趕緊提醒。

　　「主任，TBBS記者說5分鐘後到。」

　　「還有其他家記者……」

　　同仁紛紛回報。

　　「9點30分在地震走廊對外統一說明。」主任下達指示。

　　無須更多指示，發布人員坐在發布台繼續處理接踵而來的餘震，在場同仁分頭協助準備著**歷史地震剖面**（註5）、**有感歷時分析**（註6）、**發布時效**（註7）等資料，EEW小組彙整各項EEW發布參數，自動震源機制小組檢視、列印出各種**震源機制解**（註8）結果，資料處理人員返回座位處理人工重新定位、人工震源機制解等工作。

　　同時，各家媒體的SNG車早已抵達氣象局，架好的攝影機擠滿了地震走廊。

　　「真是的，又是個日常生活呢～」

站在這看似混亂、實則井然有序的場面中，Eason照慣例準備走到地震走廊，看看有什麼需要幫忙的地方——

　　「欸……既然有10幾秒就能自動發布的EEW，為什麼還要人工發布啊？都好幾分鐘過去了～」

　　碰巧走過、聽到這句話的Eason詫異的停下腳步，想說地震中心怎麼會有人問這樣的問題，回頭一看，原來是一位身材瘦高的男生小聲嘀咕著。

　　「你大概是新進人員吧？因為EEW是追求快速發送地震訊息的技術，只用很少的測站和P波前幾秒的震波來推估震央和最大震度，難免還是會有一點誤差。例如震度，可能某個縣市預估5強，實際震度4級。科學上當然可以視為估計誤差，但像台鐵、高鐵、捷運、水庫等單位，SOP規定震度5級以上就要啟動應變機制、4級以下不用，就必須給一個明確的實測數值啦。」

　　「其實許多民間公司都有類似的應變機制，只是震度門檻各有不同，之前還有公司打電話來抗議我們公布的震度不實呢！哎，這就是官方發布單位麻煩之處。」Eason無奈的兩手一攤：

　　「歡迎來到地震中心阿～」

第2話　唯快不破

　　地震走廊中，針對主震的初步概況，主任已經說明完畢，輪到各家媒體提問。

　　「主任您好，前陣子氣象局公開宣布地震預警系統已經可以在10秒內發布，但這一次仍然超過10秒，請問原因是？」

　　「另外，之前國家地震工程研究中心就已經多次公布他們的地震預警系統比氣象局地震中心的系統還要快，您有什麼看法？」一名記者接連提出了2個尖銳的提問。

　　咦？這不是之前都跟媒體多次宣導過的嗎？在旁待命的Eason心想，記者這樣有點明知故問吧？雖然說，政府單位的宣導，一般大眾通常看過就忘，趁地震後大家關心的時刻，透過媒體多加宣導，或許也是件好事。

　　「關於第一個問題，我們之前已經宣導過，所謂10秒是指島內的地震。這次花蓮地震在近海，受到測站分布的限制，警報時間會多幾秒，這是我們下一階段繼續努力改進的目標。」

　　「第二個問題呢，我們也已經多次宣導過，國家地震工程研究中心的是『現地型』地震預警系統，氣象局地震測報中心的是『區域型』地震預警系統。『區域型』因為需要多個測站估計出比較準確的震央和震度，會有10到15秒左右的**預警盲區**^{（註9）}，『現地型』只用單站，在盲區內確實有機會比『區域型』快。但在盲區外，『區域型』的預警時間就會比『現地型』更早，『現地型』的準確度也……稍微有點落差。兩種技術不是用來互相比較的，互補起來成為『複合型』地震預警系統，對社會大眾才是好的。」主任四平八穩的回答著，雖然在場的人都看得出來他的不爽。

眼看受訪者沒上鉤，做出比較情緒性的回應、或回答出比較勁爆的內容，發問的記者微笑結束提問，暗忖著下次應該如何提出更能引發新聞性的問題。

　　「欸……學長，問你個問題可以嗎？」剛才那位新進人員不知何時走到Eason身旁，小聲詢問。

　　「可以呀，不過我想跟EEW有關的，直接詢問大毅會更好喔——阿，他被副主任帶走了……」Eason猶豫了一下——是在猶豫什麼呢？工作繁重？不擅長與人相處？說到底，大概依然是心情鬱悶，又不想影響別人，習慣性刻意跟同事保持適當的社交距離吧。

　　不過，內心那股聽到有人對地球科學議題有興趣、自己又有能力推廣理念的單純思緒，終於還是暫時蓋過其他雜念，Eason決定回應：「訪問結束了，我們到小會議室談吧。阿對了，怎麼稱呼你？」

　　「我叫張天意，呃……叫我小天好了，因為很多人說我的個性跟台語的『天天』有點像……」小天不好意思地說著。

　　「噢，好喔。」Eason忽然覺得氣氛輕鬆了起來：「小天你的問題是？」

　　「為什麼到現在還有人分不清楚『現地型』和『區域型』的差別呀？不是已經公開很多年了嗎？」

　　「欸～你這其實是很本位主義的說法喔～」Eason低頭微笑了一下：「我們在地科界待久了，已經把這件事當常識了。但對外界來說，並不是每個人都像我們一樣每天關注地震，不熟悉是正常的。別說一般社會大眾，交通部、防災單位、中小學老師……很多實際用到EEW資訊的人都常搞不清楚了。就像最近因為疫情，大家才會去關心原來我們口罩的產量那麼少，平常誰沒事會去關心咧？」

　　「只是，老實說，現在會容易讓大家搞不清楚，跟國家地

震工程研究中心的『積極』脫不了關係……呃……就先說到這裡啦。」Eason意識到自己要講超過了，趕緊打住。

「欸～學長，你明明就一副很有意見的樣子，說啦～我來關門……」小天意識到有打聽到八卦的機會，當然不會放過。

「哎……等等！我要講的不是什麼祕密，不用關門啦～」Eason淺笑一下：「同樣是政府轄下的單位，國家地震工程研究中心在對外宣傳方面確實比氣象局更積極一些，可能跟社團法人的定位有關？畢竟他們不只要爭取政府的經費。一般大家不見得會想仔細了解EEW的運作原理，強調『現地型』地震預警系統在氣象局的預警盲區也能獲得幾秒鐘的預警時間，預警時間一個10秒內、一個超過10秒，誰快誰慢不是很簡單易懂嗎？所以『現地型』地震預警系統『比較快』的印象就逐漸被廣為接受啦。」

「誰叫氣象局不也積極一點宣傳呢？」小天對政府單位似乎頗有意見。

「哈～或許是這樣吧。」Eason也懶得多加辯駁：「結果導致後來我們中心提出EEW精進計畫時，老被審預算的立委打槍、被監委調查，理由都是『國家地震工程研究中心的地震預警系統不是早就比你們的快了嗎？』哈哈……很無言……明明氣象局的官方角色明顯比較不適合採用誤報率較高、準確性略低的『現地型』技術，但『比較慢』就是劣勢吧，變成還要多花許多時間解釋、報告。怎麼做比較好，我也不好多說啦。」

「之前好像有一年？不是還有一個四川地震預警時間60秒的事嗎？」小天繼續好奇。

「是2019年。正好是個介紹EEW原理的好例子。」Eason話匣子也停不下來了：「所有EEW的基本概念都是運用P波較快但搖晃較小、S波較慢但搖晃較劇烈的原理，用P波前幾秒的地震資料推估震源、發震時間和各地最大震度，簡單說就是跟S波拚時間。只用單一測站當然最快、但也誤差最大，之後用更多測站當

然更準確、但時效就越慢，這終究是trade-off呀。」

　　「大家都很稱讚的日本地震預警系統，就是一個測站偵測到就先送出警報了，之後有誤差再發出更正警報。問題是日本的防災觀念培養得很好，社會能夠接受為了求快必須接受誤報的機率。台灣喔……我看還有很長一段路要走……」

　　「而四川那個，簡單算一下，假設他們花10秒算出預警資訊，加60等於70秒，以S波每秒5公里的速度來算，只要離震央300多公里的地方，就能獲得60秒的預警時間啦！這是國土大國家的優勢阿。問題是2019年那個四川地震好像規模6吧，傳到300多公里外基本上沒什麼感覺了……除非是像2008年規模8的汶川地震那種等級，那才真的有實際作用。」

　　「哈哈～學長你真的意見很多耶！」小天笑了出來。

　　「欸～不說了，搞得跟地震走廊解說一樣，回去工作啦。」Eason心想，還是別爆料太多比較好。

第3話　定位之爭

恢復平靜的地震中心，每個人回到各自的工作崗位上，寫程式的寫程式，跑公文的跑公文，開會的開會。而新進人員們，無一例外的都忙著接受最初階的基本訓練：人工地震定位。

「學長——定地震好累阿——」到了下班時間，小天趴在Eason辦公座位的屏風板上，一副頭昏眼花的模樣。

「哈哈，你才剛開始，很正常啦，等熟練之後就快了。」Eason回想起自己剛到地震中心的時候也說過同樣的抱怨，不禁會心一笑。

「唉唷，我抱怨的不是那個啦。如果說一個波形檔裡面有密集地震，P波、S波交纏在一起這種，我就認了，自然現象嘛——雖然這種等一下也要請學長幫忙，看一下我有沒有定錯……」小天倒是挺有自知之明的。

「那～你想抱怨的是什麼？」Eason放下手上的工作，好奇的反問。

「就是水平和垂直定位誤差都要求要在2.0公里以內這件事阿！當然大部分情況下，台灣測站密度夠高，規模2.0以上的地震基本上許多測站都清楚的P波、S波，這種地震隨便定、誤差都馬很小。可是，有些在很外海的地方，能找到P波、S波的測站太少，測站分布也偏一邊，定位程式光要**收斂**^(註10)就不容易，誤差標準還一樣要求2.0以內，根本強人所難嘛！」小天理直氣壯的抱怨著：「還有一些規模0點幾的島內小地震，雖然周圍有記錄的測站不多，至少P波、S波picking在正確的位置，但定位程式也不好收斂或誤差較大！明明就只是因為picking數量少……」

「那～有人告訴你該怎麼解決嗎？」此時Eason面露詭譎的

微笑。

「有……有阿，就調整weighting^{（註11）}那些小撇步……」小天越說越小聲。

「哈哈，確實是不太適合公開的小撇步呢……做些『微調』，就可以讓定位結果收斂、讓誤差減小到標準範圍內，倒也不是說這樣多虛假，事實上這類小技巧在各行各業都看得到就是了。」Eason不禁有點苦笑：「只是這樣得到的震源參數，顯然是配合model^{（註12）}而做出的調整，而model終究是計算得到的數值模型，台灣地下構造複雜，有些震源位置難以收斂的小地震其實就是位於model不夠精確的地方……」

「老實說，我剛來地震中心的時候，其實曾經提出過把誤差標準改為彈性一點的建議，但這終究不是我一個基層人員能改變的事。」Eason輕描淡寫的說著。

「嘿～學長，看不出來你是會公開表達反對意見的人耶～」小天一臉略顯驚訝。

「哈～我看起來的確不像，不過我過去確實提出過不少建議就是了。倒沒有每一件都被駁回，也有些被採用，以後遇到再說囉。」Eason又一次淺淺的微笑說著：「不過我之所以對model很有意見，因為我以前博士班時期就是做地震速度構造研究的啦。」

「原來如此……學長真是深藏不露……」小天佩服了一下。

「好漢不提當年勇，過好現在的生活比較重要啦～」Eason恢復平淡的表情。

「不過……要定的小地震還真多阿……雖然我以前也是在定小地震，但範圍擴大到全台灣的數量真的很驚人……真的有必要把這些小地震都定完嗎？」小天提出疑問。

「哦？我打岔一下，你之前在哪裡定小地震的呀？碩士班的研究工作？」Eason好奇。

「喔，我前一份工作是在TVO^{（註13）}定火山地震。」

「原來如此，這樣說來，定地震對你來說應該是很容易就上手的簡單工作吧！」Eason對小天的經歷感到有點好奇了，但想想還是以後再慢慢打聽，於是先回答小天的疑問：「確實沒錯，我們常常對外說台灣平均每年超過4萬個、平均每天100多個地震，數字說起來嚇人，大部分當然都是人體無感的小地震。」

「但地震不論大小都定出來之後，對於學術研究工作、或地震活動長期監測，都是相當有貢獻的唷！例如說，各種model都是用這些大量的地震資料計算出來的。另一個例子，我們可以統計長期的地震數量、規模和各地區的分布，當作背景值；如果分布上有異常增加或減少，就可能是一種地震前兆喔──當然，我要強調，這不是預測地震，但至少是具有統計意義的監測工作。所以阿，現在流行的『大數據』，在地震學領域早就用很久了──又或者說，『大數據』本質上就是統計學的一部分，算是現代各領域逐漸能取得大量資料後而興起的顯學⋯⋯阿這個再說下去就太多了⋯⋯」Eason知道自己話題一開就會不可收拾，趕緊停下：「總之～地震定位是個很辛苦、但也很有貢獻的基礎工作喔。」

「唔⋯⋯但我還是有問題！」小天不死心：「我記得EEW就是自動定位對吧？我們的發布系統也有2套自動定位結果⋯⋯為什麼我們不能用自動定位來取代人工定位咧？這樣就不用耗費大量人力、大量時間來苦命的做地震定位啦～很累耶！」

「呵呵⋯⋯小天你是問了個好問題，但這也是目前連學術界也還解決不了的難題呢。」Eason左手搔搔下巴的短鬍子說道：「其實學術界研究地震自動定位技術已經很多年了，甚至有些論文發表可以把同時間多震源的混雜地震波形分離的技術，中心這邊也有引進，不過結果當然都不盡如意。這算是學術界和地震中心這邊實務發布需求的明顯差異，官方單位可無法只拿幾個成功

風臨火山

案例來說服民眾，而需要幾乎不能出錯的穩定技術，現有的EEW和速報系統自動定位已經是相較之下比較適合穩定運作的技術了！不過現行的技術大約規模2.5以上才有足夠準確度，儀器突跳或波形異常訊號容易讓程式誤判的狀況還是有待解決。所以阿，自動定位沒想像中那麼萬能唷～」

「學長，現在不是很流行的AI和機器學習嗎？會不會以後連小地震都能全靠自動定位呢？」小天一臉最後寄託的感覺。

「可見你這幾年沒參加研討會，哈哈，這兩年當然很多人開始投入囉。此外，中心的大毅和鈺萱也都測試過了，結果是——仍然不夠好。」Eason看出小天絕望的表情，大笑說著：「其實從概念來看就能理解了，Machine Learning之所以近年來大幅進展，跟GPU[註14] 的發展有直接關係，讓過去許多需要消耗大量運算時間的各種技術逐漸實用化。但地震自動定位技術卡關的困難點不是運算時間，而是辨識出真正地震波形的天然障礙呀！所以囉……小天，現階段還是乖乖定地震吧……」

「學～～長～～你～～太～～狠～～了～～」小天很哀怨。

第4話　震度速報

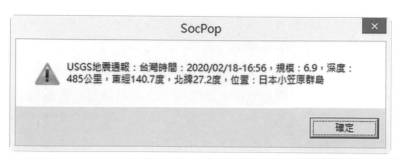

　　地震測報中心的每一台電腦，螢幕上再度跳出警報訊息，不過這回沒有任何動靜，小天左看右看，心生疑惑。於是先上JMA ^(註15)網站查詢地震資訊後，再跑去找Eason詢問。

　　「嘿～學長，你也有收到警報訊息吧？這個地震我們不用處理嗎？」

　　「嘿，小天別太緊張。我們的薪水只支付我們處理台灣的地震，要再處理世界各地的地震，至少要加薪到USGS ^(註16)的水準才行唷～」Eason開了一個小玩笑：「好啦，其實全球地震的資訊會自動掛到官網上，螢幕上的警報訊息只是提醒同仁啦。如果這個地震規模大於7.0、PTWC ^(註17)傳來通報訊息，海嘯可能會影響到台灣，我們也有處理海嘯事件的SOP啦～」

　　「是喔⋯⋯想不到地震中心這些都考慮到了⋯⋯」小天頗為驚訝，但仍想展現一下自己也能提供有用建議：「那～日本氣象廳的震度速報，地震後很快就把各地震度都展示出來，學長你應該知道吧？我看EEW的預估震度分布是以縣市為單位，不夠詳細，這總應該是地震中心可以努力的方向了吧？」

　　「嗯⋯⋯」Eason大概猜出小天的心思，動了動滑鼠，點開一個網頁，台灣地圖上呈現各鄉鎮市區都以不同顏色表示震度，

風臨火山

讓小天再度吃了一驚。

　　「也難怪你不知道，畢竟這並非是公開的網頁，目前只提供給消防局等防災單位使用。」Eason緩緩的介紹著：「這就是台灣版的震度速報——正式名稱是『縣市行政區震度顯示系統』——是即時呈現全台灣各鄉鎮市區震度的一套系統。雖然台灣有些山地鄉面積廣大，但一般鄉鎮大小的空間尺度，其實已經比日本的震度分區細緻很多了喔。」

　　「哇咧……好吧，看來地震中心還真的默默做了不少事呢。」

　　「這裡做的事可多了……你才剛來，以後會慢慢瞭解的。」

　　「不過，為什麼我們的震度速報不能像日本一樣放在官網上呢？」小天進一步詢問。

　　「雖然我也是認為應該公開，但畢竟我只是基層人員，無法代替長官回答唷……」

　　「鈴鈴鈴鈴鈴……」Eason辦公桌上的電話響起。

　　「我先接電話。」Eason拿起話筒：「喂～地震中心您好！」

　　「Eason，剛才廠商維護人員回報台中清水國小的報修儀器已經更換備品了，請你設定一下恢復連線，這樣今天校驗的故障測站就又可以再少一站了。」系統維護課的刀哥來電通知。

　　「好，我現在處理。謝啦！」

　　「正好我現在要處理一個震度顯示系統的測站，小天你可以看一下。」Eason一邊說著，一邊開始工作。

　　小天只見到Eason打開網頁，卻似乎是設定儀器參數的介面。接著接連打開PuTTY和WinSCP軟體，又開啟2個參數檔修改內容。改好後在PuTTY命令視窗快速輸入好幾個指令，令小天看得眼花繚亂。最後看Eason打開一個swarm軟體，小天這才看到——喔！是地震儀的即時波形耶～

「好啦！處理完畢。再等我把校驗報告更新一下……」Eason接著打開報表繼續敲鍵盤。

　　「哇……學長，之前才聽說你是EEW小組的成員，所以震度顯示系統也是你負責的喔？」小天覺得有點不可思議。

　　「嗯……我負責的是地震中心全部的即時地震資料接收、維護跟管理，震度顯示系統的測站當然是其中一部分囉。下游資料庫跟網頁的部分，是研究發展課負責的。」Eason一派輕鬆的說著：「不過震度顯示系統的建置過程，算是我的工作血淚史之一，對整個系統算是有整體的瞭解吧，哈哈～」

　　「學長你看起來不像是演技浮誇的人阿，有到血淚史這麼誇張嗎？」小天好奇問著。

　　「呵呵，2015年那時我還算是新進人員，你現在做得唉唉叫的地震定位等基礎工作我那時也得做，同時身上卻還背負一堆專案跟採購案……那時一整個慘阿……」Eason想了想，還是決定抑制抱怨，也避免透露太多個人隱私。

　　「而且『震度顯示系統建置案』跟一般即時地震測站的設置很不一樣，是要透過測站所在學校的網路傳回資料。這雖然有不需額外支付網路費用的優點，但要是網路有狀況，就要透過各校老師協助處理，無法請網路業者直接進行故障排除。當初開會時我就多次提出意見，但仍然改變不了決策。結果第一批上線測試的測站——在宜蘭縣——馬上就遇到無法從地震中心遠端連線到測站進行參數設定的狀況！努力追查下，果然是學校端、縣市教育網路端都分別有防火牆設定造成的！於是情況逐漸演變成跟學校和縣市教育網路中心的資訊老師頻繁溝通協調網路問題……」

　　「還好後來有大毅、刀哥等優秀伙伴加入專案團隊，人多好辦事，也互相激盪了許多good ideas，才徹底解決了網路問題，接著一個一個縣市逐步完成，終於把『震度顯示系統建置案』結案。只是，即使到了現在，學校和縣市教育網路中心還是不時發

生地震儀被搶IP查不到、學校無預警斷網斷電施工、調整防火牆設定沒公告、甚至除草機意外把網路線切斷……等各種狀況，而氣象局內的資訊中心對於外部連線也嚴格管控、每次異動都要重填申請表單……震度顯示系統的持續維運，始終比一般地震測站要耗費更多心力阿。」Eason幽幽的說著。

「媽呀……學長你辛苦了……」小天啞口無言。

「好說好說，我這邊缺人手，小天你有沒有興趣幫我一些工作呀？保證你可以學到很多東西，還有很多故事可以聽喔～」Eason賊賊的笑著。

「欸？學長我考慮考慮……」小天苦笑。

第5話　海灘球

「鈴鈴鈴鈴鈴……」上班時間，Eason後面的地震監測課課長電話響了起來。忙碌的課長不在座位上，Eason照慣例協助代接。或許正因為地緣關係，經常代接課長來電的Eason才會得知課長面臨著多少繁忙事務，同時也多次在自己可以回答的權限內協助答覆來電，某方面來說幾乎也算是Eason例行工作的一部分了。

「喂～地震中心您好！」

「課長您好，我是中森新聞的記者，想請問課長關於海灘球的問題——」

「不好意思，課長有事目前不在座位上，請留下您的聯絡方式，方便課長待會回電。謝謝！」Eason雖然有點驚訝第一次聽到有記者懂得「海灘球」的內行稱呼，仍然採用代接來電的標準回答。

「啊……不好意思，那麼可以詢問您這個問題嗎？」話筒另一端稍微透露出較急的語氣，唉呀～看來又是個要趕稿的記者。

Eason稍微遲疑了半秒鐘，想想自己好像又被地科問題釣上鉤了……於是回答：「請說。」

「是這樣的。前幾天地震後我們採訪了中央研究院地球科學研究所的李研究員，他展示出一套地震監測系統，好像叫什麼名字……等等我看一下……」這位記者似乎比較菜一點，不過有準備資料的樣子，讓Eason多了一點好感。

「是RMT[註18]。」不過Eason還是決定直接回答。

畢竟，是中研院地球所呀。Eason研究所時期大部分時光，都待在那邊。在那靜謐自然的環境中，日夜顛倒的、充滿熱情的做著自己想做的研究工作，跟師長們討論、輪流分享著各自的最

新研究進展，是Eason此生永難忘懷的、最自由不受限的學術研究生涯。而學長開發的RMT監測系統，當然也是Eason早已深表佩服的優秀研究成果。

「對！就是您說的那個……他的技術據說可以在2分鐘內計算出完整的地震資訊，包含那個海灘球。不過他也提到，氣象局也有類似的技術，所以才想請問貴局關於這方面的進展。」

「喔～好的，關於這方面，確實我們這邊有個專門負責整合自動震源機制解的系統負責人，我看一下……啊咧，她今天請假……那好吧，由我來回答。」Eason接著突然想到：「對了，請問您知道您說的『海灘球』在地震領域是什麼意思嗎？」

「呃……好像是跟震央有關係的用語……對嗎？」記者似乎對Eason突如其來的反問有點措手不及。

「呃嗯……」Eason明白了：「您說的『海灘球』，是『震源機制解』的暱稱。簡單說，地震學家運用許多台地震儀記錄的地震波形計算出震源機制解，不用到現場，就能得知斷層的錯動型態到底是正斷層、逆斷層、還是平移斷層——雖然還有判斷斷層面和輔助面的問題，但這先跳過不談。當大地震後災區不易進入、或地震源自地底下的盲斷層、或發生在外海，震源機制解對進一步瞭解地震特性、對防災都很有幫助。由於震源機制解畫出來的圖跟海灘球很像，所以才會暱稱為『海灘球』。」

「最傳統的震源機制解是利用許多地震站、各站第一個到達的P波上動或下動，計算出來的結果，但如果測站太少、上下動不明顯或分布太雜亂，也有可能解不出來。後來地震學家發展出多種利用完整地震波形來計算震源機制解的方法，RMT、還有BATS[註19]發布的震源機制解都是，優點是可以用更少測站、呈現出更完整的震源機制、甚至進一步計算出隨時間變化的錯動量分布[註20]，缺點則是必須濾波[註21]到低頻，不適用小地震。」

「另外，這些震源機制解的計算結果也都分為人工跟自動兩

種管道。當然因為現在資訊軟硬體的快速發展，大量即時地震波形讓各種地震資訊都能自動化產製，對不知何時會發生的地震來說，自動化是相當合適的。像RMT跟氣象局的幾種震源機制解都是自動化的，美國USGS網站也有提供多種自動震源機制解。不過，人工震源機制解還是有更為精準的優點，所以目前人工跟自動都是並行的。以上簡單說明。」

「啊……」話筒另一端的記者呆了半晌才回神過來：「好的，非常謝謝您詳細的回答！請問您的姓名是？」

「呃……」署名這一套又來了，常接記者電話的Eason向來習慣低調，於是照慣例回答：「不需署名，謝謝。」

一口氣說了許多話，略顯口渴的Eason喝了一口茶。那是來自蘆竹山區的老友、用心製作的好茶，也是Eason苦悶生活中僅有的一點安定心神的風味。轉回電腦螢幕前面，此時Eason才突然發現——「嚇！小天你在旁邊待多久了？」

「啊～哈哈，只是聽到學長你講電話講到一些專業的東西，好奇來聽一下而已。」小天解釋著：「而且以前在TVO有遇到一個規模4點多的地震，那時震源機制解好像也有一些爭議……雖然我不太懂……」

「是喔……」Eason若有所思：「好吧，正好跟記者講完後讓我想到AFM（註22）需要更新一下參數設定，你就在旁邊看吧。」

「AFM是什麼啊？」小天不解。

「我們中心目前上線運作的自動震源機制解有4種，AFM是其中一種，也是最傳統的初動解，其他3種是波形逆推的。中心的AFM系統原本是甘博士開發的，我接手後做了調整，在大毅博士的幫忙下把EEW整合進來，應該是最快速的自動震源機制解。」Eason一邊修改參數檔，一邊跟小天說明。

「哇！AFM也是學長你管的……你到底負責多少工作啊？難

怪你之前說缺人手⋯⋯」小天感到驚訝。

「我負責的業務還很多哩～」Eason一邊繼續敲鍵盤、一邊露出一抹苦澀的微笑：「AFM已經算是我手上自動化程度最高、也最不需要故障排除的系統了，大概剛接手那一年耗費大量心力改寫程式、不斷測試比較累。」

「至於你說那個震源機制解很有爭議的那個⋯⋯我想應該是2014年2月在大屯山那顆吧？那次的爭議是波形逆推的高CLVD值造成的——嗯如果你有興趣我再解釋吧——總而言之，那是所有科學計算都會遇到的問題，當能呈現物理特性的數值沒有一個占主導地位，如何解讀計算結果，永遠都是學術界吵不完的話題。」Eason此時又轉為一抹詭異的微笑：「小天，還想繼續聽下去嗎？」

「呃⋯⋯哈哈⋯⋯學長，我地震還沒定完，先回去忙囉～」小天尷尬的笑著。

第6話　即刻救援！

　　接近上午9點的時間，正是上班車潮的尖峰時刻。夾在景福門與總統府之間寬廣的凱達格蘭大道，此時卻是一片淨空，指揮的黑衣員警與小公園內剛開始綻放的粉紅杜鵑色彩交疊，更顯強烈對比。派出所前，上班的人潮與北一女的學生越來越多，焦躁感逐漸蔓延，每個人或多或少都思量著：何時才能放行？快遲到了呀！

　　只有一個拉著小行李箱、渾身散發著冷漠氣場的男子，感受著背後吹來的北風，輕輕的喃喃自語：「還有點冷呢。」

　　突然間，警車開道，一串黑色車隊由東向西疾駛而過。隨後交通管制的員警撤離，聚集的人潮猛然快步前行。

　　這，就是Eason的日常通勤生活。

　　才剛進辦公室，Eason就看到一群人圍繞在Eason的座位附近。「怎麼了嗎？」Eason問著。

　　「因為能處理即時地震資料收錄系統故障排除的人很有限，從今天開始，小天你跟著Eason學習系統的操作和故障排除。」身高190公分、高大英挺的地震監測課課長，作出業務分配指示。

　　「好的。」Eason雖然覺得系統故障排除的工作，對系統的完整瞭解、冷靜的分析和細心的檢查都缺一不可，有點「天天」的小天不知何時才能進入狀況，但課長的業務安排也只能照辦啦。當年Eason誤打誤撞接觸即時地震資料收錄系統時，膽大卻不夠心細的態度也常常弄出搞笑的設定，總是額外耗費許多時間才摸索出解決方法，卻也因此把整套系統摸到很熟。回想起那段跌跌撞撞苦熬出頭的日子，有人可以帶的小天真是太幸福了呢。

　　「嗯～那～駐點工程師是……？」Eason知道駐點工程師也

在場，肯定是要Eason檢查測站問題了。

「是的，剛才多了5個測站資料中斷，我這邊已經確認過線路沒有問題，接下來請你幫忙檢查了。」多年來跟Eason互相配合的輪班駐點工程師，把故障測站列表遞給Eason，雙方早已建立良好的分工默契。

「OK！」接著Eason轉頭對小天說：「來的正好，小天你直接來看我處理的過程吧，我順便一邊介紹系統架構。」

「那就交給你們了。」課長高大的身影返回座位，繼續處理著堆積如山的案牘。

眼看Eason小行李箱丟著就往發布台走去，小天一頭霧水，不禁脫口而出：「欸～學長等等，我早餐還沒吃完啊～你也還沒吃吧？」

「喔？」Eason回頭，瞇著眼睛微笑的回應：「你覺得地震會等你吃完早餐才來嗎？」

「呃……」小天哀怨的看著早餐，拎起筆記本趕緊跟上。

Eason走到發布台旁的系統監控主機，示意小天附近拉一張椅子過來坐著，隨即點開螢幕上的斷線測站分布圖。

「我們這邊的『區域型』EEW，最少仍然需要4個測站才能發布。要是有測站地震波形不佳或斷線，就要收集更多測站的資料才能發布EEW，發布的時間就會延後好幾秒。以近地表S波秒速3.5公里來算，每延後1秒、預警盲區範圍就以半徑3.5公里持續擴大...這是EEW與地震波之間的致命性賽跑。」Eason手指著螢幕：「你看，現在斷線的測站平均分散全台各地。我們只有盡快進行故障排除，才能讓EEW發揮最佳功效。」

「嗯！」小天平常慵懶的眼神逐漸變的認真起來，或許是終於明白了這項工作的高度重要性吧。

Eason打開一個PPT，隨即介紹著：「先從整體架構來說吧。即時地震資料從地震測站開始，透過網路持續傳送封包回地震中

心機房的收錄主機。因為測站數量多、不同廠商的儀器也要用各廠商的收錄軟體接收資料──畢竟是公部門嘛,公開招標總會有不同廠商得標──所以分散到許多台主機收錄資料,這就是收錄架構的第一層。第二層則是把第一層各主機的資料彙整、分類,並成為提供下游或其他即時資料交換機構的主機。第三層就是EEW、速報自動定位、人工定位波形檔、震度顯示系統、自動震源機制解……等各應用系統主機。而把各種不同來源資料彙整起來的**Earthworm軟體**^(註23)──是編寫自由度很高的open source軟體──就是這個收錄系統的運作核心。」

「這一切流程都是自動化的,唯有如此才能讓EEW、AFM等各應用系統即時偵測到地震、分秒必爭的計算出結果。所以故障排除基本概念其實也很簡單,就是檢查上下游各主機,把資料斷掉的節點找出來,然後解決它!」Eason一邊鏗鏘有力的說著,另外一邊開啟putty等遠端連線軟體,快速的輸入許多檢查指令,令小天看得眼花撩亂。

「首先,第一步先歸納出這些斷線測站的分布,如果都是由第一層同一台主機收錄,還比較容易判斷可能就是那台server的狀況,但這5站看起來是隨機分布的……」

「蛤?學長你怎麼看出來的?」小天不解。

「欸～這些模組都我寫的,看站名就知道啦～」Eason一副理所當然的樣子。

「呃……好的,學長你繼續……」小天啞口無言。

「接著,追尋這些資料的流向,發現直到第二層都持續有即時資料,封包的時間也正常,但波形展示軟體卻顯示斷線……這是什麼問題呢?」

「是會讓早餐變午餐的問題?」

「哈哈,小天你接話接的不錯,適合說相聲時當捧哏喔。」Eason笑了出來:「不過,我們可以進一步更仔細檢查封包內容的

count值^{（註24）}……嗯……Bingo！就是count值都固定，導致軟體移除掉DC值^{（註25）}後數值全歸零，就被誤以為是斷線——實際上是digitizer^{（註26）}出問題——OK解決！跟駐點工程師回報儀器故障，要盡快報修了。」

「呃……學長你說的中文跟英文拆開來我都聽的懂，可是合在一起怎麼像是外星語言啊……」小天頭昏腦脹中。

「咳～你放心，既然課長已經說了，之後我會好好『訓練』你、讓你也學會這套『外星語言』的……」Eason賊笑著：「好啦！我肚子也餓了，終於可以吃早餐啦～」

第7話　24H on call工程師

　　下午6點半，地震中心大部分同仁已經下班，只剩下值班人員、駐點工程師和少數自主加班同仁繼續工作，諾大的辦公室顯的安靜許多。Eason略顯疲累的拎著泡茶杯走到茶水間，迎面走來的碰巧又是小天。

　　「咦？我看值班表今晚不是學長，是加班嗎？」

　　「哈，算是吧～」Eason隨口回應：「你呢？我教你的東西應該還沒多到讓你需要加班吧？」

　　「哈哈，我今晚7點跟朋友有約啦，想說從氣象局過去比較近才待到現在，順便感受一下值夜班的氣氛囉。」小天歪頭一想，決定繼續說：「不過學長你今天教我的測站線路校驗……天啊要校驗的儀器也太多了吧？看得眼睛好累啊！學長你不是很強調自動化嗎？寫個自動校驗程式嘛～～」

　　「呵～你先回想一下測站線路校驗的工作內容，除了斷線、瞬斷之外，其他波形異常如何判斷分類？你覺得程式怎麼寫才能判斷出各式各樣的波形屬於正常或異常呢？在這方面確實人類的大腦還蠻厲害的。」

　　「噢……所以是自動校驗程式很難寫的問題囉，唉呀～」小天略顯失望。

　　「呵呵，倒也不至於真的做不到啦──其實你說的沒錯，盡量把許多耗費人力的routine工作自動化，讓大家把心力用在更有意義的工作上，確實是我一直以來的目標。」Eason微笑的說著：「其實我已經寫了一小部分，不過我平常要處理的業務已經占滿工作時間了，只能另外找時間繼續寫。看小天你什麼時候進入狀況，也來幫我開發程式吧～」

「囧……學長我程式不行啊！」小天尷尬的笑了。

「那就再說囉。快去找朋友吧～」Eason笑笑的催促小天。

裝好茶水後，Eason走回辦公室。路過駐點工程師和值班座位席中間的走道時，正好看到值班人員剛發布一個小區域地震。同時，身上的手機發出「叮」的一聲──是收到mail的音效。

「欸～還好你還在！傳真好像失敗了，請你幫忙檢查一下。謝謝！」駐點工程師趕緊攔住Eason。

「歐～應該有2個狀況喔～」Eason把手機畫面展示給駐點工程師和值班人員看：「震度顯示系統斷線測站超過一定數量就會自動寄email通知，看起來是某個縣市的即時資料全斷了。」

「這是你自己寫的程式嗎？」今晚的值班人員阿緯好奇。

「是啊，這是測試版，目前先運作自動監控斷線和瞬斷的功能。沒辦法，學校和各縣市教育網路中心的狀況太多了。」Eason無奈的說著：「這些狀況，我一個一個排除喔。」

「棒！麻煩你囉～」阿緯接著小聲問：「今晚睡辦公室？」

Eason輕輕點頭示意。

「有你在場安心了！」阿緯展露招牌的陽光微笑。

Eason拎著泡茶杯走回座位，情緒略顯複雜。進氣象局工作這幾年來，從對系統一竅不通、到現在頻繁處理各種故障排除，深受駐點工程師和部分值班人員的信賴。能幫忙得上忙當然很好，但付出這些努力得到的回報是什麼？破碎的家庭？入不敷出的薪水？24H on call式的能者多勞？想著想著，雙手已經熟練的敲擊鍵盤，進行檢查。

「嘿～我檢查完震度顯示系統的斷線測站囉，中心這邊設定沒有問題，資訊中心的網路開通表單也還沒到期。打電話給那個縣市的教網中心，最後一位資訊老師剛好正準備要下班呢！還好有攔到人，跟他溝通一段時間後才發現果然是因為導入新的防火牆規則、舊規則又被新設定擋住，資料才傳不出來……真是的，

發生好幾次了耶……」Eason滔滔不絕的解釋著。

「我記得平常是刀哥聯絡的不是嗎？」跟刀哥同辦公室的阿緯大概也聽過類似的抱怨。

「對啊，平常的分工我是負責檢查，刀哥跟外單位溝通。但大家都下班了，我要處理完就只能流程全包啦～哎教網中心那邊下班時間才搞這一齣……」Eason也頗為無奈。

「辛苦你了！果然要靠你啊～」阿緯佩服地說著。

「對了！傳真也恢復正常了。是怎麼處理的呢？」駐點工程師問著，畢竟需要把故障排除過程簡要寫在值班紀錄簿上。

「這也是老問題了。傳真伺服主機自從採購了新的訊號轉換器之後，就偶而會發生訊號堆疊卡住的狀況，照陳老闆教我的故障排除方法，就可以解決了。」Eason幽幽的說著：「不過想想，明明廠商有得標維護案——還是我的案子哩——結果卻還是我來解決，這樣不就等於我也把廠商的維護工作做掉了嗎？但對我們這裡的環境來說，能盡快解決狀況總是比較重要。像電視牆系統也是因為我負責採購案，連帶後續解決了好幾次小狀況。有時半夜在處理故障排除的時候，常常會懷疑我到底是公務員還是廠商的維護工程師呀？哈哈……」

「真的，你簡直就是我們的另一個同仁了！」駐點工程師跟著開玩笑。

「哈哈，而且是隱藏版的召喚獸唷～」Eason也自嘲的吐嘈自己。

玩笑聲中，機房的降溫冷氣如同正在跑道準備起飛的飛機渦輪引擎一樣陡然運轉了起來，地震中心的設備一如往常的順利運作，分分秒秒的自動偵測著地震。值班人員、駐點工程師、以及一位不在例行值班編制內的祕密常駐男子，日夜守視著地震，守護著各自內心珍惜的事物。

第8話　南區氣象中心

陽光普照，天氣微熱。地震測報中心的小明、Eason和小天3人走出台南車站，今天是久違的出差日。

「天氣真好！從台北出發時還是陰雨天哩～」家鄉在南部的小天，或許也比較習慣這種天氣吧。「那～學長，我們接下來搭什麼車過去南區氣象中心？」

「什麼搭車？走路就到啦～」小明直接往前走。

「欸～可是我看google map還有段距離耶……」小天還想凹。

「哈～走了啦，大概1公里左右而已，在台北這是普通的步行距離吧。」Eason也直接往前走。

「蛤？好遠喔……」習慣騎機車的小天，不得不趕緊跟上。

一行人抵達南區氣象中心，跟南區氣象同仁打過招呼後，隨即進入機房，準備開始工作。

「小天你雖然對Earthworm的操作還不熟悉，但剛好今天要來南區出差，這次就先帶你來熟悉環境跟見習，有問題盡量問吧。」Eason一邊說著，一邊跟小明搬起server、準備上機架。

「為什麼我們在南區氣象中心這邊也要擺放設備呀？」小天很直覺的問了第一個問題。

「這就是異地備援的概念啊。你想像一下，要是哪一天台北發生大地震、或是颱風淹水、火山爆發——總之就是嚴重災害啦——如果局本部的地震中心也因此受到災害、無法正常運作，至少還有南區這邊的設備可以提供緊急備援。」Eason回答。

「喔……可是，南區這邊有設備，但沒有地震中心的人呀？氣象人員應該不會操作我們的系統吧？像我們這樣專程從台北跑來台南出差，好像哪裡怪怪的？」小天歪著頭思考著。

「呵～你問了個好問題，但也是個大哉問，我不知道該怎麼委婉的回答比較好……」Eason略微想了一下之後才說：「首先啊～因為現代地震觀測技術高度自動化的關係，即時地震資料透過網路傳回地震中心機房，不像一些氣象觀測項目還需要人工觀測，地震中心沒有派駐人力到各地氣象站的需求，所以反而都集中在局本部了。」

　　「但這樣完全沒有異地備援人力，就算地震中心多次派人到南區中心出差、盡量把南區的發布機制自動化，故障排除的效率仍然比局本部差很多。要是真的遇到緊急狀況，缺乏地震人員立即的判斷與維護，我覺得還是有危險。我剛進地震中心時就有點天真的直接跟長官反映過，結果得到的回應是，現有的應變機制已經足夠。」

　　「哈～感覺學長你剛到地震中心的時候蠻多意見的嘛～」小天開玩笑說著。

　　「剛換新環境的時候大概都是這樣吧，不見得很清楚全貌，但充滿熱血與衝勁。之後隨著工作越來越久、瞭解越來越深，知道要改變的難處，那股很中二的熱情也就逐漸轉換為另一種形式繼續推動。或許表面上看起來，已經是個死公務員的樣子了吧～哈哈～」Eason微笑的自嘲著。

　　「不會啦，我覺得學長你還是很有自己的想法，真的。不過我還真希望南區中心能派駐地震人員，這樣我就可以回南部了，哈哈～」小天不免跟著想像起來。

　　「不好意思說，其實我也曾經有過這類想像。我們的海底地震站透過海纜把資料傳輸回宜蘭頭城的海纜站，那裡機房、展示室、會議室、小辦公室一應俱全，但卻跟南區這裡一樣只有機房運作，沒有派駐人員。幾年前我曾經有段時間住在宜蘭、往返台北通勤，那時也很想去頭城海纜站上班呢！結果當然被打槍啦～哈哈。」Eason也回憶起曾經的往事。

「哇～學長以後我有機會去頭城那邊出差嗎？」小天被引起興趣了。

「會吧，如果你認真的學習即時地震資料收錄系統的維護管理和故障排除的話，海纜站是非去不可的。」Eason巧妙的回應小天。

「欸？好啦……我認真學就是了……」小天很囧。

「那……我可以繼續好奇一下長官說的應變機制嗎？」小天決定繼續追問。

「地震中心的應變計畫……簡單來說，當地震中心已經無法正常運作、發布地震各項資訊時，才緊急派遣地震人員進駐南區氣象中心。這幾年來雖然一直有修正計畫，但主軸始終不變。前陣子行政院CIP^{（註27）}小組才到地震中心聽取簡報，他們也對地震中心的應變計畫提出疑問，但看起來仍然會維持現狀。」Eason輕輕嘆了一口氣。

「聽起來還好吧？現在有高鐵，台北到台南不會太久，就像我們今天過來一樣呀。」小天有點不解。

「小天你可能不容易想像，發生嚴重天災時的災區混亂現場、真假資訊紛雜難辨、和通訊及交通的中斷狀況，到那時再來移動就慢了。」Eason露出難得的嚴肅神情，隨即轉換語氣：「好啦～就先閒聊到這裡啦～要來測試系統運作狀況囉！」

此時只見小明調整完防火牆等各項資安設定，接著輪到Eason輸入指令，運作起Earthworm系統，設定好的程式一支接著一支執行了起來；隨後開啟swarm波形檢視軟體，逐一確認即時地震波形是否有任何異常。Eason一邊操作，一邊跟小天說明南區中心的系統架構、參數設定、以及各項指令的用法。一路忙到中午，才準備外出吃午餐。

「欸～2位學長，中午去哪吃？南區中心門口前那家圓形建築的『原鶯料理』好吃嗎？建築外觀蠻有特色的呢～」說到吃，

小天精神就來了，更別說是美食之都台南，每次來都想品嚐新的在地美食。

　　但此時小明和Eason面面相覷，似乎不知道該怎麼回應。

　　「怎麼了嗎？」小天滿頭問號。

　　「Ｅａｓｏｎ我見識到了⋯⋯這『天天』的戰力真的不簡單⋯⋯」小明苦笑著。

　　「呃～小天啊，」Eason的表情也差不多：「南區中心門口前那棟圓形建築，是古蹟台南測候所，以前是真的有在做氣象跟地震觀測的，不是餐廳唷⋯⋯」

　　「欸？不是⋯⋯是那個路牌⋯⋯」小天又囧了。

第9話　韓團來訪

台北，中央氣象局地震測報中心。

4名中年男子隨著大毅博士走進地震中心小會議室，小明、Eason、卜冷、小天都已在會議室等候，準備迎來為期3天的EEW **workshop**（註28）。

「Hey~ JB, these are our members. Some old men—」大毅博士跟帶頭的微胖中年男子JB介紹EEW團隊成員，小明跟Eason輕鬆的打招呼。

「See you again~」Eason微笑著上前握手。

「Nice to see you again! 你好！」JB照慣例show一下他口音不錯的中文。

「and some new young guys—」大毅博士繼續介紹，卜冷跟小天也紛紛致意。

「Sorry my team only have old men~」JB笑著回應，大家也都笑開了。

「This team called "KAT Village" —yes, the same pronounce with "cat village", very cute.」為了讓新進成員盡快進入狀況，大毅博士從頭開始介紹：「In fact, KAT Village is a IT company, they got **KMA**（註29）'s contract for development of EEW system, so they come here for exchanging technology. They only took maybe 2 years and finished their EEW system, really excellent! So~ let's start this workshop!」

JB很快的準備好PPT，隨即開始展示他的簡報。此時小天終於忍不住湊到Eason身邊、一臉哀怨的悄悄說著：「嘿……學長，英文是我的死穴呀……我聽不懂啦～～」

「喔？就是不懂才要練啊。」Eason賊賊的微笑著：「如

何？這裡應該沒有你想像的那麼『公家單位』吧？」

「嗚……我早就已經改觀了啦……」小天一臉苦瓜。

「這樣吧，你忙的話先回座位去忙沒關係。不過韓國人來開會的餐費，公司給的很大方呢……那之後我跟他們去吃午餐，就不找你囉～」Eason裝作不太在乎的說著。

說到吃，果然又命中小天的弱點了。小天很掙扎的想了想，終於還是決定乖乖聽下去。

幾天下來，韓國團隊與地震中心EEW小組成員輪流報告各自的技術發展近況，針對各自仍待改善的項目進行大量討論、並安排測試規劃。韓國團隊的EEW系統其實已經開發到上線運作階段，跟台灣一樣整合到手機細胞廣播系統內，一旦偵測到達發布門檻的地震，就會把警訊強制插入預估可能發生較大震度的手機所在地。然而，先不談後端電信業者通訊技術上消耗的秒數，前端EEW的偵測誤報率及漏報率、預估震度準確率等，都是需要持續精進的工作。更別提縮短EEW警報秒數這檔事，各國都一樣不斷的要求——快還要更快！都不知道技術開發人員身上背負的誤報壓力呀。

「嘿～學長，日本的EEW不是已經用單站法很多年了嗎？這些韓國人怎麼沒去日本那邊技術交流呢？」小天又湊到Eason身邊小聲提問。

「呵呵，你何不直接問韓國大叔呢？」Eason微笑回應。

「唉唷！我之後會惡補英文的啦，可是這幾天還無法派上用場啊～」小天繼續凹。

「好啦，這次先跟你說，之後你要自己開口問喔。」Eason低聲回應：「日本那邊無論是學術界或JMA，對EEW的研究規模確實都比台灣大了許多。但你別忘了，日韓關係呀……」

「真的假的？有這麼嚴重？」小天感到很不可思議。

「當然沒那麼嚴重，你想多了。」Eason笑了：「不過，競

爭意識是存在的。之前我曾經跟來台灣設置地震儀的日本原廠技師聊過，算是側面印證了這件事。」

「……學長你也很八卦嘛……」小天也揶揄了一下。

「在地震中心只要持續接觸相關業務，多少都會碰到啦，就是工作上的一點交流囉。」Eason又趁機戳小天一下：「所以呀，簡單的英文會話練一練，才有機會打聽國際八卦呀。」

第3天中午，EEW小組成員帶韓國團隊步行到228公園附近餐廳吃午餐。大伙用餐聊天之際，只見小天忙著用手機查東查西。

午餐後，大毅又帶著一群人走向中正紀念堂，讓韓國團隊見識一下衛兵交接儀式。午後的陽光炎熱，怕熱的JB還拿出他到台灣特地準備的手持小風扇，邊吹涼邊趕路，畢竟一個小時才有一場。Eason跟JB沿路閒聊，得知曾在軍隊任職的JB其實早就想看台灣的衛兵交接。好不容易總算趕上，現場早已擠滿觀光客。

看完衛兵交接儀式後，大伙走到一樓咖啡廳稍事休息，大毅請大家喝飲料。此時小天終於鼓起勇氣對JB開口：「Ha……hello! May I ask a question?」

「Sure.」JB微笑回應。

「Uh…your EEW system…also detect nuclear explosion?」小天結結巴巴的努力問著。

此時小明、Eason、卜冷紛紛啞口無言，大毅剛到櫃檯點完飲料回來還狀況外，韓國團隊成員則都保持著微笑。

「Of course! EEW system detects every event.」JB原本就很小的眼睛，微笑時瞇起來更顯得和藹可親，輕鬆的用個小小雙關語化解尷尬。

接著，JB從隨身背包中拿出筆電，打開另一個PPT，微笑地詢問大家：「Shall I continue our workshop?」

每個人都以各自的風格微頷致意。

「OK! Let's go ahead!」

於是，四周的遊客們，就看著這一群怪男人在咖啡廳內彷彿開著小型研討會，成為這特別景點內、更特別的意外風景。

第10話　大屯火山地動不休

台北，中央氣象局地震測報中心。

今晚輪到Eason值班，辦公室只剩下Eason與駐點工程師待在各自座位上做自己的事，更顯安靜。晚餐後Eason打開中心行事曆，發現被安排下個月在地震走廊解說，訪客是台北市某社區大學文史走讀團體。

Eason日常工作雖忙，仍然習慣為不同的訪客安排獨特的解說內容，算是一點工作上的調劑吧。Eason托腮思索著，想到一個源自台灣歷史上相當神祕的地震事件、又跟大台北地區的文史關係極為密切、且至今仍難以確認真偽的重大謎團——康熙台北湖——以這個事件作為引子，應該能讓文史團體感到有趣吧？於是Eason上網搜尋，意外發現還真的有部名為《康熙台北湖》的小說呢！這讓Eason深埋已久的文史興趣再度挖掘出來，臨時決定網購《康熙台北湖》。接著，繼續上網瀏覽300多年前來台採硫卻意外目睹台北大湖的清朝官員郁永河所著、維基文庫版的《裨海紀遊》，開始收集解說材料。

「……張大云：『此地高山四繞，周廣百餘里，中為平原，惟一溪流水，麻少翁等三社，緣溪而居。甲戌四月，地動不休，番人怖恐，相率徙去，俄陷為巨浸，距今不三年耳』。指淺處猶有竹樹梢出水面，三社舊址可識。……」Eason仔細閱讀著《裨海紀遊》原文，不禁心想：「大屯山區偶而震一下，台北的居民就嚇得半死了，要是真的地動不休，真不知道會是什麼情況啊……」

「叮！」手機收到mail，Eason拿起來檢視——是Eason的AFM系統自動定位通知mail——呃，大屯山區規模2.5的淺層小地

震？但大概規模太小了，電腦螢幕上沒跳出EEW警訊，速報系統也沒有發出自動定位的警報聲。

這並非漏報，而是EEW系統自動判斷是否為地震波形的參數設定——簡稱觸發門檻——原本就比較刻意針對可能致災的中大型規模地震，因此規模更小的小地震未達EEW觸發門檻並不奇怪。只是，發生在大台北地區，情況就不一樣了……

Eason快速瀏覽了一下PTT，果然八卦版已經出現了搶發地震文，網友們照慣例開始猜震央位置，也有網友搞笑回應【是肥宅滾動啦】。隨後駐點工程師的電話響起，記者來電。

Eason請駐點工程師先hold住電話，快速進行人工定位，把這個小地震的正式報告發布到官網上，再回應記者來電。

處理完畢後，已經半夜12點。Eason跟駐點工程師打聲招呼，隨後進入值班寢室就寢。

「咚咚咚咚咚……」速報系統的戰鼓聲突然響起！

「叩叩叩！」駐點工程師趕緊跑到值班寢室門口敲門：「Eason，有地震！」

「我聽到囉～」Eason睡眼惺忪地打開寢室小門，一邊走向發布台、一邊自我強制醒腦，以免待會發布出包。

Eason回想起來，在到氣象局地震中心工作之前，原本是睡著就像死豬一樣的睡眠模式；經過這幾年值班的「訓練」後，早已變成淺眠模式，一旦聽到關鍵字「有地震」或「咚咚咚咚咚……」就會自動醒來，或許這就是在地震中心值班過的獨特證明吧。

「鈴鈴鈴鈴鈴……」各方來電早已跳線跳遍整間大辦公室。

「看來這顆地震不小。」Eason保持冷靜的坐上發布台：「呃～又是大屯山區，規模4.5，深度10公里，凌晨2點啊……待命主管聯絡了嗎？」

駐點工程師趕緊連絡待命主管，同時Eason發布正式報告，

逐一回覆各方來電。「有學者說大屯火山下方有岩漿庫，是真的嗎？」「這是不是大屯火山爆發的前兆？」「還會不會有更大的地震？」基本上都是這幾類問題，Eason也有點無奈。

　　剛到地震中心的時候，Eason接到這些來電，總是盡量熱心詳盡的回答，希望能讓詢問者獲得合理的地震科普認知與觀念、以及不那麼官腔的回應。另外，有的地震成因在學術上本來就有爭議，第一時間硬要一個正確答案反而不夠嚴謹。然而，有幾次Eason回答的內容跟後來長官對外說明的說法不一致，被記者拿來作文章，之後Eason就越來越收斂、越來越官腔了：「您好，關於您的問題，待會由主管統一說明。謝謝！」

　　Eason檢視AFM海灘球，發現是個典型的正斷層型態，喔喔那就是穿越大屯山區下方、往金山方向延伸的山腳斷層嘛……呃，這樣講好像也會引起恐慌，哎……斷層偶而動一下也好啊……算了，還是讓主管去說吧。Eason心想，自己的想法在地震走廊解說時再來口無遮攔地自由發揮吧──或許這就是Eason在解說時總是心情比較好、而來訪團體也常常聽得很開心的原因吧。

　　凌晨的地震走廊，再度擠滿了記者與攝影機。主管正中規中矩的進行說明時，駐點工程師又挨近Eason身邊：「有地震。」

　　接下來的整個凌晨，每1、2個小時就來一個餘震，基本上整晚沒啥睡眠了。Eason雖然是個典型不信邪的人，仍不免回想起前夜閱讀《裨海紀遊》的原文，地動不休……會不會太賽了？

　　到了清晨，看完報紙、在地震中心LINE群組上貼出輿情回報後，Eason用手機滑一下FB，發現有朋友貼文：

3分鐘 ·

整晚震不停耶！該不會又是Eason值班吧？

5則留言

　　👍 讚　　　　💬 留言　　　　↪ 分享

Eason心想：這時承認不就傻了嗎？哼，假裝沒看到，才不想整天被虧。

> 我看了一下值班表，真的是Eason的班耶！　…
>
> 讚・回覆・3分鐘

朋友的共同好友、也在地震中心任職的學弟，冷不防送上一則留言。

> 果然又是Eason！
>
> 讚・回覆・5分鐘

> 不意外！XD
>
> 讚・回覆・4分鐘

> @Eason就是你造成的齁？
>
> 讚・回覆・4分鐘

> 早就叫他交出值班表，他每次都裝死不說 😐
>
> 讚・回覆・3分鐘

……
底下留言又被洗版了……

第11話　輿論升溫

標題　[問卦]炎P的下雨地震論是不是該得諾貝爾獎了？

〔生活新聞〕北投凌晨地震是大屯火山活動範圍比以前大

〔生活中心／綜合報導〕大屯火山群若爆發恐毀大台北地區600萬人

前夜大屯山區的連續地震，引起一陣擔憂。PTT、Facebook等社群網站上冒出許多猜測火山爆發的貼文，電子媒體接連發布報導，電視新聞也不時播報著。

前夜幾乎沒啥睡的Eason，為了累積值一次夜班4個小時的補休，睡眠不足的撐著白天繼續上班。

「Eason，今天民眾來信比較多，業務管理課那邊請我們分攤回應一些信件，我把那幾封轉給你處理，你寫好回應稿後照標準流程逐級簽核。」課長早上9點交辦著今日的臨時業務。Eason看到課長桌上限當日回覆的立法院便箋就知道，課長也忙不過來了。

「嗯。」Eason不是第一次寫回應稿了，但聽到時還是有點不太高興。民眾來信的回應稿完成後每次都要依序拿給課長、副主任、主任逐級檢視核章，有時可能內容牽涉到氣象法，甚至還要繼續上呈到局長那邊陳核。偏偏越高層的長官往往行程越多，結果一篇簡單的回應稿，常常多拖一兩天才簽核完畢。像這次陳情信件一多，回復的效率就更低落了。也難怪社會上對公務機關的普遍觀感往往是效率不佳，Eason也一直都覺得這樣效率很差呀。

Eason當然明白長官們擔心基層人員的回應內容不適當、或與長官意見不一致，又要被大做文章，地震中心或氣象局對外至少仍以最高主管的意見為依歸。但既然無法充分信任基層人員的判斷能力與本職學能，長官自己寫回應稿不就好了？忙碌的長官、無法適切放權給下屬的沿襲、把公務機關對外口徑不一致當作具有聳動新聞性報導價值的媒體，造就這既矛盾又效率低落的小事層出不窮。Eason已經不是第一次感嘆著：「哎……還是學術界比較有發表意見的自由……」

牢騷歸牢騷，Eason還是乖乖的寫著回應稿。此時，主任突然走來找課長說有媒體臨時要來採訪，除了地震與火山的回應之外，因應前幾天國外媒體報導因疫情限制民眾外出、卻意外導致偵測到更多小地震的新聞，地震中心也要展示疫情前和現在的地震背景雜訊對比。

「現在的問題是，媒體想要拍可以動的資料。可是我們現在的**chart recorder**^{（註30）}沒有保存到3個月前的舊資料。還有什麼方式可以展示？」主任說出他的問題。

「媒體預計幾點到？」課長先詢問時間。

「下午2點。」主任回答。Eason瞄一下時間——呃，已經上午11點了耶。

「Eason跟小天，你們來一下。」課長召喚著，Eason一臉「我就知道」的無奈表情，工作都做不完了呀。

「主任，我認為應該回應媒體，國情不同，我們不像國外有限制民眾居家不得外出的措施，地震背景雜訊應該不會有明顯差別。」Eason一開口，馬上就讓其他人傻眼。

「這我知道，我也跟媒體提了，但他們仍然堅持，所以我們還是要準備。」主任回答。

「好吧……」Eason知道這個緊急任務勢必落到自己頭上了，稍微想了想，提出意見：「**GDMS**^{（註31）}有3個月前的連續地

震紀錄，swarm波形展示軟體則有載入舊資料即時展示的功能，但沒使用過，需要測試才知道是否符合需求。而且，GDMS內一個檔案就是一個分量一整天的資料，檔案太大不知道軟體會不會當掉。若能順利展示，可以用電視牆撥放，左邊跑舊資料、右邊跑即時資料，這樣應該就有比對的效果。」

「就朝這個方向去做吧。」主任指示。

於是Eason帶著小天到系統監控主機展開緊急任務。測試後成功載入舊資料，但只吃得下2個測站的資料，超過就當掉了。想當然耳媒體不可能希望只看到2個測站，於是再想辦法請同仁把檔案切小，這才終於足以容納夠多測站。最後請課長指示要展示哪些測站，下午1點半左右進行最後測試、確認舊資料的展示時間正確無誤、調整一致的振幅比例尺，總算處理完畢。

其實，並不是什麼困難的工作，而是隨時面臨緊急應變的工作型態。至於午餐跟午休──啥？自己找零碎時間處理吧。

下午，媒體順利來訪。而Eason繼續窩在座位上，寫著回應稿。接著到處找各級長官簽核，或被退回修改、改好後繼續追著長官跑的反覆流程。

這次的民眾來信，已經不像過去充斥著要求氣象局重視民間地震預測達人的聲浪，反而是要求依氣象法對一些明顯預測不準的達人們開罰。不過，氣象法的裁罰權限畢竟是高層主管，對身處基層的Eason而言，責任上確實必須依循高層主管的見解。然而，地震預測達人們基本上蠻樂於被開罰的，正好可以公開訴求被官方迫害，既可博得支持者的同情，又能有再度受邀上節目的機會。

相對的，民眾對氣象局的支持，在Eason看來也有點偏向對專業權威的信服。但對Eason而言，專業是訓練出來的，也需要與時俱進，過度信賴專業權威，跟相信地震預測達人的支持者本質上存在著微妙的相似之處。而曾在學術界埋頭苦幹多年的經驗，

更讓Eason深深感受到所謂最尖端的科學研究，其實也充斥著各種聳動論述、數字遊戲、與需要仔細解讀的不確定性。

　　Eason當然不是無限上綱的懷疑論者，不會把科學研究當作跟「英國研究」一樣搞笑不可信。學術界的優點在於，無論多麼被充分驗證過的理論或研究成果，仍然會因為有了新的證據、新的實驗結果、或更完備的理論而被推翻或修正。科學研究的可信度是經歷不斷的挑戰而洗禮出來的，而不是被信仰強度賦予的。

　　地震預測達人們各種天馬行空的預測想像，某種程度來說是可以提供一點地震預測的靈感。只是，學術界做地震預測的學者和方法早就一堆，腦洞大開的程度其實也不遑多讓，他們的論述至少物理機制上可行，就是統計結果還有待加油。有志於地震預測的達人們至少要讓自己的成果被驗證到這種程度，否則不是學藝不精，就是別有用心囉。

　　寫著寫著，Eason睡眠不足的忙碌一天又到了下班時間，真的累了。看到還有好幾封訴求氣象局要效仿日本建立火山預警機制的來信，Eason心想大概是近年來廉航盛行、去日本玩的人變多，連帶對日本的火山預警機制熟悉的人也變多了。這是好事，只不過，也是件不容易的事呢⋯⋯

第12話　火山工作小組

台北，中央氣象局地震測報中心小會議室。

「今天召開這個會議的原因，相信在座各位都很清楚，就是前陣子的大屯火山地震序列。」課長主持會議，先進行開場白：「當然一般民眾並不知道，關於制定我國的火山預警機制和火山警報發布作業辦法，其實早已籌備一段時間了。只是，還沒定案就無法對外公布，而目前為止仍然有一些議題還無法達成共識。因此，或許這次大屯火山地震是個契機，希望今天的火山工作小組會議，能夠討論出足以提交到諮詢會議的明確方案。」

在座來自TVO、經濟部中央地質調查所和國家災害防救科技中心的數名專家，紛紛點頭同意。

此時Eason和小天也依序進入會議室。坐定後，小天又忍不住找Eason悄悄詢問：「欸？學長你也是火山工作小組的成員？」

「不然我坐在這裡幹嘛咧？」Eason皺眉回應這個有點「天天」的問題。

「我還以為我是因為曾在TVO工作的經驗，才被找來加入這個工作小組。印象中地震中心只有卜研究員是火山專家，其他人好像都不是吧？」小天說著。

「是啊，你說的沒錯。」Eason悄聲回答：「但是，由氣象局地震中心負責制定火山預警機制、以及未來發布火山警報的業務職掌，是更高層的單位指定的，我們也只能照辦。我知道你會想說應該由TVO負責這項工作，對吧？」

「對呀……」小天直覺地回答，但也感覺到小天的回答似乎已經在Eason的預想之中。

「或許以工作內容來說，TVO是很適合的單位。然而，

TVO是個政府機關內很微妙的存在。所有政府單位都有權責歸屬問題，萬一真的發生火山事件，以TVO的人力和處境，可能都會難以承擔。」Eason解釋著：「此外，或許不用想那麼多，純粹參考鄰近國家如日本，火山警報發布業務就歸屬於JMA底下，所以台灣依樣畫葫蘆就好了。」

「可是日本氣象廳有火山專家呀，呃……應該吧……」小天好像也沒什麼信心。

「哈哈，你的意思是說，地震中心也應該多一些火山專家對嗎？」Eason露出詭譎的微笑：「你的前老闆、TVO的老大恐怕對這種事很忌諱喔……」

「呃……好了，我知道了。」小天又囧了。

「地震中心本身就只是行政院底下的四級機關，這個小小咖單位本身就因為人事預算有限、也難以跟交通部其他單位競爭到少數新增員額，始終難以擴大編制。而且現在政府機關的長期規劃是逐步減少正職人員編制，同仁退休都常遇缺不補了。除非有特殊狀況，不然應該吃不下別的單位啦。」Eason悠悠的說著。

「對喔……像學長你這麼忙，應該很希望地震中心增加人手吧？」小天這時倒是說了讓Eason意外的話。

「喔，我不只希望，還跟長官直接建議過很多次了，所以才會得知那些人員編制的事情啊。」Eason苦笑地回應：「好啦！好好聽開會的內容吧～」

此時，會議似乎又一次陷入僵局之中。

「這一次的地震序列，餘震數量又創新高，光現在已經定完的就超過1200個。這樣無論採用3日或5日移動平均，都會超過之前暫定的地震數量門檻值。根本的問題還是在於有儀器的地震紀錄以來，大屯火山還沒有噴發過，這跟國外多次噴發過的火山完全不同，實在很難決定足以作為噴發前兆的地震數量門檻值。」負責地震觀測的TVO火山地震專家無奈說著。

「也要注意這個地震的震源機制比較可能是山腳斷層活動引發的，構造性地震的小規模餘震跟火山小地震混在一起，數量很多，卻不容易區分。」Eason也加入討論。

　　「地化的觀測方面，這次無論是氡氣含量變化或CO2通量，都沒有達到異常門檻值。可能這次地震序列確實與火山活動無關，也可能有關但未達門檻值，無論如何我們無法從這次案例驗證之前暫定的地化異常門檻值是否可行，因此仍然建議維持3日移動平均的暫訂門檻值，持續進行觀測。」負責地球化學觀測與氣體分析的TVO火山化學專家也提出她的見解。

　　「地溫監測方面，從2018年11月開始才具有穩定連續監測資料，監測時間太短，還需要累積更長時間的觀測資料，中位數和標準差才有意義。所以目前還不建議設置地溫異常門檻值。」地質調查所的火山專家繼續補充：「至於噴氣孔溫度監測，雖然義大利的Etna火山和日本的阿蘇火山都有在噴發前異常溫度變化的成功案例，但大屯山區特別容易受到雨量影響，降雨對連續觀測數值的影響甚至大於背景值，目前恐怕也還難以制訂異常門檻值⋯⋯」

　　「GNSS^{（註32）}方面呢？」課長詢問。

　　「GNSS觀測方面，雖然近期有日本新燃岳火山的案例，但GNSS向來都屬於長期地殼變形趨勢觀測，仍然不是很適合作為短期噴發前兆參考項目。以這次地震事件來說，跨過大屯山區的基線也沒有呈現明顯變化。因此，建議作為輔助觀測項目。」地震中心的GNSS資料處理負責人謹慎回應。

　　各方專家都從各自專業提出觀測結果與建議。顯然的，關於異常門檻值的制訂，甚至觀測項目的適用性，在這次會議都仍然難以達成共識⋯⋯。結果，火山工作小組會議，又一次在無法討論出明確結論的情況下，宣布散會。

　　「欸～學長，為什麼大家不用之前討論的暫訂門檻值先定案

呢？反正現在不是很流行什麼滾動的……」小天搔搔頭。

　　「肥宅滾動嗎？」Eason開了個小玩笑：「沒有啦，你想說的是滾動式修正吧？」

　　「對……對啦。」小天不好意思的說著。

　　「我個人的看法啦，畢竟牽涉到官方發布的火山警報，每個專家應該多少都會認為提出門檻值還需要更謹慎小心才行。只是，雖然機率極低，但火山什麼時候會爆發，我們永遠難以預料，所以也不是沒有時間壓力。」Eason淡然的回應。

　　「這世界上馬後砲已經夠多了。必須抉擇的當下，沒有哪一個決策是必然正確或錯誤的，只有承擔著選擇後的責任，繼續向前進。」Eason彷彿還意有所指地，輕嘆著。

　　台北，中央氣象局六樓會議室。

　　火山專家諮詢會議開始前，Eason帶著小天先到會議室場地布置。

　　「國家災害防救科技中心組長、台北市政府消防局專門委員、新北市政府消防局簡任技正、基隆市政府消防局科長、宜蘭縣政府消防局科長……」小天手上拿著名牌碎碎念：「學長，為什麼基隆市和宜蘭縣也要派人來參加啊？」

　　「欸？你不是待過TVO嗎？基隆外海的海底火山群和宜蘭外海的龜山島，都曾經活動過呀。更何況，龜山島的活動性可能比大屯火山還要高呢……」Eason略顯不解的回答。

　　「這我當然知道。」經常以待過TVO為榮的小天這回可理直氣壯了：「但上次工作小組會議中提出的觀測數據，都是大屯火山的呀！完全沒提到龜山島的觀測數據，更別說基隆外海的海底火山群了。之前很多專家也都說了，每座火山的『個性』都不一樣。現在都只以大屯火山的觀測數據來討論、設定門檻值，這樣對嗎？」

　　「嗯，很好喔！小天你提了一個很不錯的問題。」Eason稱讚後反問：「那我想問你，就你所知，龜山島和基隆外海海底火山群的監測數據收集到什麼程度了呢？」

　　「龜山島的地震和化學氣體監測都持續在進行中呀！但基隆外海海底火山群就真的沒有了……都在海底，設置儀器和收回資料都很難……」小天搔搔頭，說出自己了解的狀況。

　　「那你知道龜山島附近的地震測站分布吧？跟大屯火山地區的測站密度比起來如何呢？即時連線站有幾站呢？而化學氣體監

測的頻率有多高呢？」Eason微笑的丟出一連串問題，讓小天有點招架不住。

「呃……當然跟大屯火山地區完全沒得比……」小天不得不承認現實的困難，但仍想表達自己的觀點：「但是……如果先不討論龜山島火山的話，那找宜蘭縣政府的官員來參加，不是很怪嗎？」

「呵呵……所以我才說你問了個好問題呀。邏輯上來說，確實不合理。」Eason微笑地繼續說著：「但現實狀況來說，制定台灣的火山監測異常門檻值、火山警報發布作業等工作，都是處於從零開始的狀態，而又有時間上的壓力。上次參加過火山工作小組會議後，你應該也能明白，現在光討論出大屯火山的異常門檻值就搞不定了，再把龜山島加進來，要討論到何時呢？」

「現況下，就只能先想辦法制定出第一個以大屯火山為準、可以運作的版本，同時也增進對龜山島火山、基隆外海海底火山群的監測密度和收集資料的頻率，之後才能談得上對每個火山制定個別版本的火山警報發布標準。」Eason平靜的說著。

「好吧……現實和理想果然一直都是有差距的啊……」小天不免也感嘆了一下。

上午10點，參加會議的政府各機關官員們、學者專家們陸續就座，氣象局局長主持會議，準時開場。首先由地震監測課課長報告火山工作小組的簡報。小天專心聽講，卻越聽越疑惑。

「學……學長，上次火山工作小組會議，最後應該是沒有結論的……對吧？」小天湊近Eason非常低聲問著：「但課長現在的簡報卻……各觀測項目的異常門檻值確定了？3等級的火山預警發布機制制定了？是我上次開會沒聽到的部分……嗎？」

「嗯……是的唷。」Eason簡短回應，只是那八字囧眉的微笑表情好像有點微妙。

「這……這樣啊……」小天也似懂非懂的接受了。

「不過，我的前老闆今天沒來耶……我聽說之前有次會議他好像跟氣象局鬧得有點不愉快，學長你有聽說是什麼原因嗎？」小天注意到TVO執行長的座位空著。

「嗯……這其實就是尷尬之處呀，政府高層要求由氣象局負責火山預警發布的工作，但提供第一線監測資料的依然是TVO，能密切合作、各司其職是最理想的，但現實卻是脆弱的。長期以來的不滿，很容易就因為一個小小的導火線──可能是不夠謹慎的用詞、或沒處理好的小細節──就無預警爆發了……」Eason也謹慎的說著：「人與人之間的互動，遠比科學觀測要複雜多了啊……」

此時，會議進行到專家們提出諮詢意見的階段。

「地震監測需要先判定是由火山活動或斷層作用引起，否則難以建立精確的背景資料。另外，建議特別分析1988年大屯山區的地震，並考慮增加對火山流體的監測項目、以及對熱水噴發的監測規劃。」台大地質系的教授首先提出意見。

「地調所的地溫監測站包含擎天崗、小油坑、TVO、龜山島及幾處地表溫泉，建議氣象局增設地下較深處的地溫監測站。」中央地質調查所的組長也提出建議。

「除了大屯山之外，請問龜山島是否有足夠的數據建立地震活動、地殼變形及地溫監測等異常值門檻。」宜蘭縣政府消防局的科長眼看無人提及，趕緊為自己的轄區發聲。

「由於人力、經費等資源有限，氣象局必須優先處理現有的各項業務，火山監測工作仍需請各位專家學者協助推動。由於本日會議時間有限，希望能聚焦在火山活動等級的訂定。關於監測項目與方法等技術細節探討，留待後續繼續推動。」氣象局局長為了避免會議討論方向發散，先一步做出回應。

「此次會議提出的火山活動分級和火山預警發布機制比之前的版本簡化，可執行性較高。建議採用0、1、2的分級方式，讓

民眾不致於因為1級而誤會開始有火山活動。」中央大學地球科學系的教授提出修改建議。

「支持這次會議提出的綠、黃、紅3種燈號分級規劃，但建議參照日本經驗，火山活動分級仍然從1級開始，提醒民眾對火山災害的關心。」基隆市政府消防局的科長表示不同意見。一時之間，兩種方案各有支持者，討論不輟。

「綜合各位委員的建議，考量國內目前還沒有火山實際噴發的案例，本次會議通過工作小組擬定的3等級草案。為了配合災害應變需求，劃分為0、1、2級。」眼看會議時間已過中午，氣象局局長考量到會議收束狀況，出面做出明確決議。

「小天，收拾場地囉～」Eason輕拍了小天一下，看來靈魂已經不知道飄到哪裡去了，嘴角搞不好還有流下一點口水。

「呃……會議結束了啊……」小天還在回神中。

「對專家學者們來說是結束了沒錯，但對我們來說，還有辦理核銷、整理會議記錄、寫公文等行政工作呢。」Eason邊收拾邊回應。

「蛤──饒了我吧……」小天又無言了。

第14話　採購案

「學長，一般研究團隊都有專門的行政助理處理各種行政工作，地震中心沒有專門負責行政工作的人員嗎？」小天一邊幫忙彙整各火山專家諮詢委員的核銷資料，一邊不解地提出疑問。

「所以你來錯地方啦，這裡不是研究團隊，是政府單位啊。我以前在中研院地球所當研究生時，那邊的行政助理打理得很好，所以我原本對行政業務是完全一竅不通的，當年考高普考時還不會寫公文呢，分數直接白白奉送了，哈哈～」Eason毫不隱瞞地自嘲著。

「哇咧～學長你這樣還能考上，太超過了吧！」小天不由得吃了一驚。

「這不見得是好事唷。」Eason轉為苦瓜臉：「當我來到地震中心後，沒有訓練就直接被指派接手好幾件採購案，那時才感覺到挫賽了——採購法是蝦米碗糕啊？採購文件怎麼準備啊？公文怎麼寫咧？」

「呃，那怎麼辦？」小天追問。

「就只能一邊到處糾纏問人、一邊自己趕鴨子上架啦。每件案子都早已排定好採購期程，為了不影響到預算執行率，幾乎沒有延宕的空間，加上同時要處理的各種繁重工作……那時簡直是每天都在進行不可能的任務啊！跟我配合的採購科和主計人員應該也很無奈，硬著頭皮勉強撐過啦。」Eason回想起來，只有無盡的苦笑。

「學長你辛苦了……不過學長你現在帶人卻蠻細心的耶，我還以為你會用一樣的放牛方式帶學弟哩。」小天笑著說。

「你現在終於體會到了喔。」Eason翻了一下白眼：「哎，

不過你也不用想太多，我只是照我的風格帶人而已。」

「不過，學長你既要負責系統維護管理，還有專案開發，又要負責行政、採購等工作，這樣不會很分散心力嗎？又萬一當你正在忙採購案的時候，突然發生系統故障需要排除，那時怎麼辦呢？」小天感到不解。

「當然就要衡量手上業務的輕重緩急，一般來說會優先處理故障排除啦，做不完的事就自行加班處理囉。這種情況，我早就經歷不知道多少次囉……」Eason無奈地笑笑：「喔對了，除非是長官特別指示的加班可以換補休，一般自行加班什麼都沒有喔。加班費也別肖想了，氣象局整體的加班費有限，基本上都優先分配給颱風天值班的氣象人員了。這樣你清楚了嗎？」

「呃……清楚了……」小天心想，這跟他想像中的公務員差真多啊。

「Eason跟小天過來一下。」從Eason座位後方傳來課長的召喚。

「好。」兩人放下手上工作，先聚集到課長座位。

「Eason，最近我們監測課有採購5台server的需求，這個案子交給你處理，小天有空就跟著學。另外，明天有一家硬體設備廠商來訪，就由Eason你帶著小天去接待。畢竟公開招標，多幾家廠商選擇也好。」課長做出簡明指示。

「咦？現在各server不是已經在陸續轉移到VM（註33）了嗎？還需要再買實體主機嗎？」Eason提出疑問。

「VM設備的進度延宕了，廠商供貨出問題。5台server的需求是大毅提出的，其中有一台也是你之前反映過需要汰換、收錄火山地震資料的第一層主機。我們的系統運作不能中斷，所以還是先採購實體機頂過這段空檔。」課長說明著。

「之前我以為可以進VM呢……瞭解了。」Eason乖乖接手：「那……課長，付款期程呢？」

「我記得是2個月後，你再跟負責預算的簡正[註34]確認一下。」

「OK。」Eason確認期程後，就能自行安排採購時程。

小天在一旁從頭到尾都插不上話，看Eason返回座位，腦袋一大堆問題不知道先問哪個比較好。此時，只見Eason打開一個WORD檔，陸續打上準備文件、預看、上簽、開標、決標、驗收、付款等流程，小天一方面認真學習著，另一方面又覺得能遇到像Eason這樣的學長真好。

「學長，你前面提到局內有採購科，顧名思義採購案不就應該由他們來處理嗎？但流程看起來都是你處理耶。」小天疑惑地詢問。

Eason微笑了一下說著：「其實採購科已經算幫上許多忙了，採購簽文核准後的行政流程都讓他們包了，也會很細心地幫忙檢查採購文件內容有沒有小錯誤、幫業務單位負責人update最新的採購法修正條文，已經很專業囉。但我們業務單位需要採購的地震儀啊、server啊、網路設備啊……這些設備的需求和規格還是要由我們來撰寫才行。」

「那主計人員呢？」小天繼續追問。

「主計室喔……是個舉著為人民把關稅金的大旗、處處跟業務單位刁難的單位……哈哈，開玩笑的啦。」Eason忍不住揶揄了一下：「其實是現在負責地震中心的主計人員瑩君，總是非常仔細的審查我們提出的案件、常常提出各種補充說明的要求，搞得地震中心的採購相關人員苦不堪言……有些要求真的有點強人所難，例如有次我承辦傳真伺服系統維護案，這其實是個小案子，但她仍然認為一般市價的維護金額分析欠缺解釋，要求提出進階說明、重新計算或降價，搞到後來我們都很擔心下年度的維護案開天窗，課長直接衝到主計室去『溝通』……那個場面之火爆呀……」

「不過，共事幾個案子之後，其實我對瑩君是逐漸感到佩服的，她是個認真負責、堅持自己的理念、始終不會退縮的人，引起了我的共鳴。我總覺得，公部門需要多點這類人，才會進步一點。」Eason悠悠的說著。

　　「……學長我看你應該是有點抖M性格吧……」小天不懷好意地笑著。

　　「你現在還能說風涼話啊，等之後你辦採購案遇到她，到時再換我來聽聽你的感想啦～」Eason一派輕鬆的回應。

　　「呃……學長到時再請你多幫忙啊……」小天想起自己「天天」的個性，以後或許會創下被主計退件最多次的紀錄也說不定。

第15話　業務往來

　　台北，難得風和日麗的一天。一名中年男子帶著兩名標準業務套裝女性，到中央氣象局門口警衛室申請入局。在導引之下，準備穿過地震走廊進入地震測報中心大辦公室，卻意外被參訪群眾擋了下來。

　　「大家知道有史以來世界上規模最大的地震在哪裡嗎？就在這裡——」Eason手指向地震走廊的全球板塊模型，正熱心地介紹著：「1960年智利大地震，規模高達9.5左右！還記得我剛剛的介紹嗎？規模差2.0，能量差1000倍，所以這個智利大地震釋放的能量有921地震的1000倍左右喔！這個地震的成因跟台灣東北部一樣，是隱沒板塊造成的。後續還引發海嘯，影響到夏威夷、阿拉斯加還有日本……」

　　一名面貌清秀、披著一頭秀麗長髮、身形纖瘦的女性業務，正興味盎然的觀賞著這場意外碰上的解說。而同行的中年男子與另一名短髮俏麗的女性業務，則分別拿出手機連絡。

　　「登——登——登登登登登——登——」現場忽然響起口琴三重奏版的《天堂與地獄序曲》旋律，拿起手機的，正是解說中的Eason！

　　Eason瞄了一眼負責控制時間兼攝影的同仁，早已揮手示意時間超過好幾次，心想不如就順勢結束：「欸……哎呀，歡樂的時間總是過得特別快，輕快的音樂提醒著大家時間到啦，那麼今天的講解就到此告一段落囉。謝謝大家！」

　　參訪團體鼓掌後，在服務科的同仁引導下繼續前往下一個解說地點。此時Eason接起手機：「喂～您好？」

　　「您好，我是T牌業務部張經理……」此時雙方才意識到，

講電話的兩人正好站在地震走廊的頭尾兩端。面貌清秀的女性業務見狀，不禁先小小的詫異了一下，隨後微笑了起來。

好美的微笑啊——Eason由衷讚嘆著。倒不是什麼看到美女圖片就按讚的行為，而是歷經漫長陰霾後看到陽光的感覺。

「張經理您好，不好意思剛才我還在忙，是同仁臨時拜託的解說工作。叫我Eason就可以了。」Eason上前打招呼。

「欸！初次見面，您好您好……真是年輕有為的年輕人……」張經理遞上名片，熱情的握手：「希望未來能跟貴局多多合作！」

Eason帶領著三名業務進地震中心大辦公室，跟課長知會、把小天找來，隨後進入小會議室，準備聆聽簡報。

此時Eason不禁回想起這幾年來的經歷，雖然對於經常承辦各種行政、採購業務仍然感到疲憊，但也不得不承認，透過這些事務，才會跟業界的各種業務、工程師持續互動，工作之餘嘗試瞭解業界動態，增廣一些見聞，甚至還有業務開玩笑要把Eason挖角過去，Eason也常跟工程師坐下來一起研究各種軟硬體的故障排除。疲憊之餘，也有所收穫，感受頗為複雜。

會議簡報由兩位年輕業務輪流報告，基本上內容跟其他家硬體設備廠商大同小異，Eason並不陌生。而小天則又進入恍神流口水模式，Eason也懶得叫醒他了。Eason比較好奇的是，通常這種廠商來訪不僅會帶業務、也會帶工程師一起來；於是Eason嘗試問了幾個server故障排除的問題，結果由張經理來回答，才知道張經理原本是工程師出身的。好吧！畢竟是公開招標，萬一T牌真的得標，至少技術底子不能太差呀；不管業務再怎麼美麗，硬體設備的穩定性和故障排除能力才更實際——Eason心想。

其實Eason在會議中也隱約注意到張經理對兩位女性業務有意無意的肢體接觸，短髮俏麗的女性業務似乎較為大剌剌不介意，而長髮清秀的女性業務則比較偏向笑笑的侷促迴避。Eason基

本上不太喜歡當個多管閒事的人，也就睜一隻眼閉一隻眼。只有在會議結束後，Eason假借收拾物品、經過那位面貌清秀的業務身旁，低聲問候一下：「妳還好嗎？」

其實Eason倒也沒有什麼意思，只是想說關心一下，或許可以讓對方感受到自己並非孤獨的承受。若對方覺得Eason多管閒事、或別有意圖，大不了Eason以後再也不跟對方互動，Eason倒是覺得沒差。

而那位面貌清秀的業務先是面露詫異表情，隨後輕咬下唇，低下頭，再抬起頭時又恢復笑容說道：「嘿，你有FB嗎？早上那時聽到你的解說，我覺得蠻有趣的喔。」

這下換Eason驚訝了。不過Eason倒也沒繼續多想，就大方分享：「喔……妳用FB搜尋我的中文姓名，就會找到了。對了，怎麼稱呼妳呢？」

「叫我小沂就可以了。」小沂又一次露出那讓Eason彷彿沐浴在溫暖陽光下的美好笑容。

「嗯好的，小沂，快去吃午餐吧。」Eason微笑地道別。

接下來幾天，Eason跟小沂透過FB messenger偶而傳一下訊息，就跟普通的新加好友一樣，並未特別進一步聊天。直到有一天，小沂請假跑到台中港邊的一間日式Outlet喝咖啡打卡，Eason看到，順手傳了最近閱讀到的小說《康熙台北湖》中、關於台中港所在地的前身五叉港的一段敘述。小沂覺得有點有趣，一聊之下，才得知原來雙方都是台中人！之後進一步閒聊，才知道小沂正準備離開台北，上次到氣象局的簡報已經是她在台北公司的最後一次了。如果有得標的話，就算是另一位短髮俏麗業務的業績。

之前我的主管曾經有次跑完業務後，開車載我到一座高架橋下，說要幫我按摩，又說要帶我去旅館休息。我一直拒絕他，他最後才只在車上躺著休息。

　　小沂傳來這段訊息，Eason不免吃了一驚，後來又覺得不太意外。

之後主管把我的業務轉給另一個女生，我想我在那間公司應該也發展不太下去了，加上我一直有回家的念頭，所以才搬回台中。

　　每個人都有辛苦的地方啊……Eason心想，那麼，能不能像朋友一樣互相吐吐苦水呢？或許可以讓彼此都舒坦一點吧。

改天我可以找妳一起去那間日式Outlet聊聊嗎？

　　Eason就這樣沒想太多的提出邀約。

可以啊，那我今天就當作先來探路囉。下次見面時，要跟我多說說火山會議的事情喔。

這麼有興趣呀？

就是覺得在台灣討論火山會議，好像背後其實另有隱情或故事的感覺……

呵呵，或許喔～

　　Eason坐在辦公室座位，往後斜躺在椅背上，閉上眼睛，靜靜地感受著內心逐漸揚起的波瀾起伏。

第16話　無以名狀的日常生活

「Eason晚餐也微波啊？」大毅走到茶水間裝水，碰巧遇到Eason正從冰箱拿出食物，準備放入微波爐。

「哈，你只是今天留比較晚才看到，我的午晚餐幾乎都是這樣處理的。」Eason笑著回應。

「自己弄的？」大毅閒聊了起來。

「這是我每個月回家，老媽幫我準備的冷凍熟食，要吃之前再拿下來退冰。等那些熟食吃完了，我再去買食材來弄，這樣整個月的伙食費就可以降到很低了。」Eason仍是笑笑的說著。

「欸，但你可別放太多喔，畢竟這是公用冰箱。」大毅好意提醒。

「嗯我知道，課長跟我說過了，我的食材多數還是放租屋處的冰箱啦，這幾天上班要吃的再酌量帶過來。」Eason一副經驗老道的模樣。

「多帶幾天的量是為了晚上睡值班寢室吧？」大毅笑著。

「都被你發現了……」Eason也只能笑笑回應：「再怎麼說我晚上待著，系統有狀況我都有第一時間處理，值班人員遇到困難我也都有幫忙啊。」

「這我都知道，你真的是地震中心裡面很特別的存在，故障排除的經驗也就你最豐富了。」大毅略顯惋惜的說著：「但你這樣努力節省的生活……有一段時間了吧……」

「大概快3年了吧……」Eason眼神望著遠方，自嘲著：「哈哈，一開始還抱著有回去機會的期望、而且租屋又是一筆花費，所以除了值班寢室之外，有時睡車上、網咖也睡過，後來還分別被主任和岳父岳母幫忙，各住過一段時間……人生過成這樣也是

蠻奇葩的……」

「哎……你辛苦了……對了，你下禮拜五又要開車去台東看小孩了？」大毅想起Eason丟給他的代理人請假單，關心詢問著。

「是啊……」

「那下禮拜一下午的假單呢？」大毅繼續問著。

「要去法院遞狀、閱卷，之後再做諮商。」Eason回應。

「法院的事還沒結束嗎？之前不是才聽你說判決出來了？」一直都有在關心的大毅，不解地問著。

「去年底那時我原本也以為結束啦，離婚的事、小孩的探視時間……雖然說未明訂扶養費的狀況導致我至今仍然經濟困難……結果今年小孩的媽媽又再對我提出一次保護令，只能正面去面對啦……」Eason此時連勉強的微笑都擠不出來了。

「我還蠻難想像你會對小孩做出任何不好的事……以前看過你跟小孩互動的模樣。」大毅回憶著。

「唉……我也很難想像啊，以前能天天照顧小孩時我都那麼盡心盡力了，更別說現在能探視的時間那麼短，我只會想盡情地陪她玩，怎麼可能會想對孩子不好啊？」Eason深感無奈：「但孩子的媽媽想像中的我就完全是另一個模樣，找警察報案、把小孩帶去醫院開驗傷單，就可以提出保護令，現在都太容易成案了。當然我可以理解，這是為了第一時間保護受害者。但那些警察、醫生和法官大概不容易想像，還有像我這樣處境完全相反的人吧……上次開庭小孩一直黏在我身邊，法官看起來整個不可置信呢……但那才是4歲小孩最真實的反應啊……」

「小孩子才是最可憐的。」大毅有感而發。

「我也這麼認為。每次探視時間快結束時，小孩的媽媽來接小孩，她都常哭著說不想回媽媽那邊……每一次的分離都是心痛的時刻啊……」Eason感觸深刻。

「對了，你的假還夠用嗎？」大毅好奇。

「勉勉強強囉～有時候晚上或假日幫忙處理系統故障排除，課長讓我報加班換補休，一個一個小時累積起來，多少有些幫助啦，蠻感謝課長的。」Eason簡直把休假時數當成跟收支狀況一樣精算了。

　　「那就好……不過我們之前討論過要在在2台虛擬機重新建立包含Earthworm的收錄設定工作……可能還是要請你抽空處理一下才行……」大毅稍微把Eason拉回工作議題。

　　「嗯，我一直都記得。不好意思，經常請假，最近火山相關業務又比較忙，工作進度比較慢。」Eason很明白自己的處境，面露歉意地繼續說：「之前我有嘗試帶小天學習Earthworm，但他的Linux^(註35)基礎很少，短時間內可能還無法幫得上忙。」

　　「沒關係，我只是提醒一下。我也知道課長找你接server採購案，你要分心處理的事很多，好好安排吧。加油！」大毅溫和的鼓勵Eason。

　　「很謝謝你啊……在我剛來氣象局的第一年，工作量最爆炸多、處境最慘的那段時間，如果沒有你主動幫忙分攤，我很可能那時就撐不過去了。」Eason真心的感謝著。

　　「不用客氣啦～還好你有撐過來，不然現在中心就會少一個熟悉Earthworm、擅長故障排除的人，那就換我處理不完了。」大毅開玩笑著。

　　「哈哈，你喔……」Eason笑了出來：「話說你到底什麼時候才會升課長啊？我一直都覺得以你在地震中心的重要性、以及對地震中心的貢獻程度，早就該一路高升了。」

　　「哈……你又不是不知道像我們這樣從委任三等慢慢往上爬所需要的時間。」這下換大毅乾笑了。

　　「哎呀，我就是知道才碎碎念啊。這就是公務體系過於強調穩定的壞毛病，真正優秀的人才難以在體制內快速升遷，不只是對人才的浪費，也沒辦法鼓勵同仁追求優秀的表現，最後當然會

風臨火山

變成大部分人選擇得過且過，只能靠少數人的熱忱來支撐，實在算不上有效率的工作環境啊～」Eason評論著。

「哈……穩定就是公務機關最大的優點啊，而且以你的處境，先別考慮那麼多吧。」大毅微笑回應著。

「欸～我是對事不對人的啦。地震中心的主管大體上都算工作認真忙碌的，我只是希望這個工作環境還能更好而已。」Eason解釋著。

「老實說，我覺得你支撐的生活負荷仍然太重了，而你又不是會輕言放棄的那種人，我一直有種你總有一天會離開這裡的感覺……」大毅再度有感而發。

Eason深深吸了口氣，緩緩吐息，微笑的面對著大毅，不發一語。

第17話　春日暖洋

　　從台北一路開往台中，天空逐漸從陰霾轉為放晴。在這春暖花開適合出遊的星期六，Eason抵達台中港邊的日式Outlet，繞了好幾圈才找到停車位。

　　雖然這間Outlet離Eason台中老家不遠，但之前的Eason可沒有任何閒情逸致想去走訪。Eason第一次走進園區內，但已經有點遲到了，趕緊尋找著約定的會面地點。

　　好不容易找到書店，四周掃描了一下，無意間，被面向港口大海的落地窗方向、一幅絕美的畫面所深深吸引：那是個在海天一色純淨湛藍背景下，映襯出飄逸著翩翩長裙的秀麗身影。Eason一時看得太過入迷，忘了拍照，但那畫面早已深刻烙印在Eason的腦海中，永生難忘。

　　隨後從那落地窗邊走向Eason的，是小沂。

　　「欸～妳怎麼移動了呀，剛才那個畫面好美，我還來不及拍照呢。」Eason以輕鬆開玩笑的表情說著。

　　「……」小沂一時有點愣住，之後才反應過來：「你先去坐，我要去補妝一下。」

　　「嗯好，我等妳。」

　　Eason在小沂先找好的落地窗邊的座位坐下，托著腮，望著窗外的遼闊天地，回想自己這幾年來的風風雨雨，突然產生一種現在的春日暖洋會不會其實才是一場幻境的錯覺。不由得，又陷入了思考分析模式。

　　雖然從旁邊看起來，彷彿中了石化術。

　　「Eason，你還好嗎？」小沂關心的問著。

　　「噢……小沂妳回來啦。」Eason趕緊把自己的情緒拉回

來：「想喝什麼呢？我去點。」

「嗯……我想喝水果茶。」小沂看了menu後俏皮的回答。

「OK！」Eason隨即起身前往吧檯點餐。

「Eason你呢？」小沂微笑地詢問。

「嗯……我點Espresso。」Eason嘗試用微笑掩飾著陰鬱。

那是多年前鹿特丹的咖啡館，餐盤上盛著著傳統的蘋果派與嘗鮮的Espresso，正象徵著那一趟旅程，甜蜜與濃苦並存。Eason其實並沒有很愛喝Espresso，此時只是想用強烈的口感提醒自己，在沉醉於美好面前仍別忘了現實的苦澀。

「Eason，這是迷宮書，以後你跟你女兒也可以一起玩喔。」小沂興致勃勃的拿出一本有趣的書。

「那我們現在先玩看看吧。」Eason微笑的看著小沂。

「你會不會覺得我們玩這個很幼稚啊？」小沂有點不好意思的說著。

「不會，我覺得很棒。」Eason完全是真心的表達。

兩人玩了好一陣子，隨後聊起各種閱讀的喜好，以及安定心神的薰香。Eason對於小沂的貼心，其實是相當驚訝的。Eason內心想著，若能跟小沂成為好朋友，那或許會是一段相當美好的情誼──當然，內心最真實的情感，終究不是現況下應當表達的，還是壓抑著吧。

「嘿……小沂，妳說過要我今天表演地震播報員給妳看，記得嗎？」Eason微笑地提醒著。

「記得呀！話題太多，都還沒聊到呢……啊！中午了耶……」小沂此時才注意到時間。

「那～我們先去吃午餐吧。」Eason微笑地邀請著小沂。

「但我們還沒逛書店呢……」對書店頗有研究的小沂說著。

「喔～對！那就跟著專業的小沂走囉～」Eason感到心情相當愉快。

兩人逛完書店後，在一家日式料理店共進午餐。聊著彼此的旅遊經歷，Eason通過外語導遊、領隊考試的搞笑過程。喜歡料理的Eason也分享著曾經的有趣料理經驗、以及使用各種食材的觀點。餐廳內的客人都換過一輪了，只剩下Eason和小沂這一桌不絕於耳的暢談聲。

　　多麼美好。

　　雖然，過去那些豐富的經歷，許多是與前妻一起完成的。

　　心情複雜。

　　午餐後，小沂帶著Eason四處逛，逛累了才找個座位坐下來休息。此時，逐漸聊到Eason跟前妻之間的事。

　　曾經跟前妻多年交往、一起經歷過各種美好時刻，那同甘共苦的堅定承諾……究竟為何最後演變成近年來激烈排拒的結果？Eason既明白，又情願不要明白。那是多麼強烈的反差，令Eason每次提及、就像揭開尚未癒合的傷口一樣劇痛。然而，小沂卻又是如此的真誠關懷，要Eason如何不真誠以對呢？

　　「Eason……你……在哭嗎？」小沂注意到Eason哽咽的語調，關心的問著。

　　「欸……不好意思……我有點情緒失控了……」Eason仍想勉強撐著微笑以對。

　　「Eason，……」小沂停頓了一下，接著說著：「你不用壓抑，我的肩膀借你。」

　　「……」Eason望著小沂，眼眶中的淚水止不住越來越氾濫，此時終於徹底卸下所有微笑的武裝，失去平衡的，緩緩倒向小沂的肩膀，放聲哭了起來……

　　「為什麼寧可相信那不切實際的妄想，卻不願相信相處這麼多年的我？為什麼要用那種毫不留情的方式把我趕走？平凡的小家庭就這樣破碎了啊！嗚啊……嗚嗚嗚……」

　　不再壓抑的Eason徹底失控，哀傷的，哭訴著。

小沂溫柔的拍拍Eason的背，輕輕的，安撫著。
直到夜幕降臨。

第18話　波瀾與平靜

　　台北，士林地方法院。

　　Eason走進法院，通過安檢門，把自己寫的訴狀提交到收狀櫃台。接著走上二樓，到閱卷室報到，找個座位坐下來，靜靜的閱讀這次保護令案件的卷宗內容。

　　這些事務其實大致上都算是律師的工作，之前由前妻提出的離婚訴訟Eason也曾經申請法律扶助的委任律師。只是，每一個新案子都要重新申請一次，每次都要準備大量財務證明文件，並到法律扶助基金會接受面試，審核是否具備法扶資格。Eason心想，就算申請到法扶律師，訴訟主張與證據資料依然是Eason要自行準備，已經沒有多餘心力了，因此這次決定自行處理。

　　當然，Eason並非法律專業人士，對法條一竅不通。但Eason深信自己既然絕對不會做出對孩子任何不利的舉動，也衡量過此類家事案件應該還不需要太多法條與律師攻防，便鼓起勇氣，無畏的面對這次案件。

　　約一個小時後，Eason大致閱讀完畢，整理收集到的資訊，歸還卷宗後離開，再走到一樓的社工服務櫃台。

　　「簡社工您好。」Eason向駐院社工報到。

　　「Eason您好，請先進會談室坐一下，諮商師待會就到。」簡社工引導Eason進入會談室。

　　2年前，當Eason無預警的身陷官司風暴、經歷了2次被告後，才開始無奈的尋求駐院社工的協助。但Eason所企求的，只有跟孩子的會面時間。也正是從那時開始，Eason除了無家可歸的窘境之外，又加上需要經常請假處理法院出庭、與社工討論、與諮商師面談、參加親職課程、法律諮詢、申請法律扶助……等各種事

務，長期身心煎熬，工作也受到影響。

　　值得慶幸的是，Eason遇到了一位兼具熱心與耐心、適時提供家事法律相關資訊、且邏輯清晰的優秀社工。在簡社工的協助下，Eason逐步整理好思緒，按部就班的準備資料，向法院提出跟小孩會面的訴求。

　　不過，簡社工也同樣具有社工職人的專業堅持，令Eason有時與簡社工產生較為激烈的言詞辯論。由於那時前妻也與另一位社工互動，Eason認為，若那位社工能進一步嘗試瞭解Eason這邊的狀況，必然能對整體的情況有更完整的理解，進而對前妻做出更適當的協助與處遇(註36)——是的，即使Eason遭受了許多匪夷所思的對待，仍然認為前妻需要接受適當的協助，特別是醫療診斷方面。唯有如此，仍處於前妻照顧下的孩子，也才能獲得改善的處境——這是Eason基於整體社會安全層面的考量。然而，簡社工卻總是回應Eason，要相信另一位社工的專業判斷……

　　Eason當然相信各行各業各具專業，然而，同樣身為所謂的「專業人士」，Eason對「專業」的侷限性與個別差異性更是瞭解深刻。因此，Eason仍然不厭其煩地與簡社工溝通，期望能透過社工體系改善處境。或許Eason在這方面的堅持讓簡社工感覺到需要作出一些改變，於是協助安排諮商師與Eason進行會談。

　　跟Eason會談的諮商師，是位相當溫和的中年女性。每次諮商過程大致上都是聆聽Eason的近況，適時加入討論，不會刻意強調專業，這讓Eason感到較為放鬆。對Eason來說，這幾年來的內心狀態彷彿總是處於狂風暴雨中波瀾劇烈起伏的小船，只想求取內心的平靜。

　　但無論社工或諮商師提供多少協助，Eason那受到重傷後不輕易對外開放的內心深處，終究難以碰觸。

　　「Eason，會談還好嗎？」約1個小時的會談結束後，簡社工照慣例遞上諮商問卷，並詢問著Eason的狀況。

「還好，諮商師認為我的思考脈絡和生活態度都很OK，就是給予我持續的支持。」Eason一邊填寫問卷、一邊回答：「呃對了，我有跟諮商師討論到社工專業的問題，她應該會寫在個案報告中，後續再請你們溝通協調了。」

「好的，謝謝您對我們的專業仍然保持信賴與尊重。」簡社工微笑的說著：「還有，也謝謝您總是那麼仔細填寫問卷。」

「哎……我只是對這件事認真看待才這樣的。」Eason苦笑。

「這周末要去台東見孩子對嗎？近來跟孩子的相處狀況如何呢？」簡社工關心問著。

「嗯。我跟孩子的互動一樣非常好，每次都能玩得很開心。當然，帶回去前妻那邊時的分離焦慮也依然相同，我只能盡量安撫、盡力表達對孩子的支持。」Eason回應著。

「這方面您一直做得很好，請您持續努力。」簡社工微笑地鼓勵著Eason。

「不過……最近比較讓我感到有點挫折的是，開始有部分親友建議我放棄或減少為孩子所付出的一切……。我瞭解他們是擔心我過度的付出導致身心失衡，也有些人認為我停止一切支援才能逼迫小孩的媽媽做出比較面對現實的改變。但……每當看著這個我對她好、她也對我真誠開心回應的孩子，要我如何狠得下心放棄、讓孩子失去爸爸的陪伴與關愛呢？於是就有少數親友對我這樣可能在小孩成年前都擺脫不了苦難的舉動感到氣餒、甚至對我生氣了……哎……」Eason略顯無奈地苦笑。

「我認為您其實對每個不同出發點的人的不同考量，都已經有了充分的理解，所以，我相信您也已經意識到面對這類狀況的處理方式。」簡社工一如往常的認真回應：「因此，我建議您或許可以考慮在感情層面上，嘗試與人交往。」

「我知道您提過，也明白您的用意。但……以我現在的艱困

經濟狀況和各項事務的忙碌現狀，哪有再追求下一段感情的條件呢？」Eason也一如往常的直接婉拒。

只是這次，Eason腦中卻浮現起近來跟小沂持續的聊天、互相關懷、甚至逐漸抑制不住的思念……

Eason猛然搖搖頭，匆匆結束跟簡社工的討論。走出法院，決定沿著德行東路慢慢走向捷運芝山站。一個人步行在車水馬龍的街道上，渾身散發出強大的冷漠氣場，與世隔絕的重整思緒。

第19話　Take Me to Your Heart

　　台中，又是個風和日麗的一天。在七期的眾多高樓圍繞下，新開幕的日式鳥屋書店雖然不高，卻更顯獨特。

　　此時正拾級而上、步向鳥屋書店門口的，是再次一早從台北開車到台中的Eason、與忙碌中抽空赴約的小沂。

　　Eason近期與小沂在網路上的互動，已經毫不掩飾對彼此的好感。然而Eason也明白的跟小沂表示，艱困的生活現況是Eason仍難以跨越的自我設限，因此始終刻意hold住雙方的關係，即使Eason內心隱藏的遺憾那麼地明顯。小沂則溫柔的表示，無論關係如何，都會持續關懷Eason。

　　狂風暴雨中、波瀾劇烈起伏的Eason內心，彷彿找到那風平浪靜的避風港。Eason再次約了小沂，小沂也正面回應。

　　Eason抿了一下嘴唇，回味著小沂特地一早起床親手製作、香濃美味的熱Latte。小沂煮了很多，Eason雖然早已對咖啡因免疫，仍然傾向細細品嘗、未能一飲而盡。那濃烈的肉桂風味，令Eason印象深刻。

　　Eason身上背著一部小沂最近新買的類單眼相機，雖然大學曾經是天文社的幹部，但原本就並非擅長天文攝影的Eason，只能盡力而為啦。

　　而最重要的是，Eason眼前那位身著一襲華美長裙、氣質出眾的女孩，正輕盈靈動的穿梭在書櫃廊道中，不時跟Eason分享看過的小說、故事書。

　　Eason亦步亦趨的伴隨著小沂，微笑地聆聽，也不時拿起相機拍照。突然間，小沂拿起一本地球科學圖解書，帶著Eason到窗邊座位。Eason當然也禮尚往來，把書中的內容結合自己的工作祕

辛，用說故事的方式跟小沂盡情分享。

　　而樓下的知名麵包店，自然而然成為約會中的兩人，嘗鮮的目標。

　　吃完麵包，Eason注意到小沂略顯疲態。Eason知道小沂前一天到動物保護園區做志工，應該有點累了，便提議兩人繼續留在車內，稍事休息。

　　「小沂，這次換我借你肩膀吧。」Eason憐惜的說著。

　　「這樣啊～那我就不客氣囉。」小沂說完，便倚靠在Eason身邊，安心地閉上雙眼。

　　Eason雖然也打算閉目養神一下，但總是在意著小沂倚靠的舒不舒服。微微張開雙眼，看著規律呼吸的小沂，淡雅的芬芳，安詳的氣氛，讓Eason更加為小沂傾心。於是，Eason伸出雙手輕輕撐住小沂的身體，想讓小沂不至於因熟睡而滑落。

　　沒想到！小沂醒了過來。於是兩人喬了一下姿勢，最後小沂直接坐到Eason大腿上，倚靠在Eason的左肩上，再度靜靜闔上雙眼。而Eason則用雙手環抱著小沂，也比較放心的閉眼休息。

　　兩人的臉龐，呼吸的頻率，是那麼的接近。

　　卻還想更近。

　　「嗯……你想幹嘛？」小沂略為有點狡點微笑地問著Eason。

　　「……」Eason也微笑著，不做回應。

　　「你才不敢呢。」小沂笑著說，或許帶有一點玩笑，或許帶著一點激將。

　　此時Eason微微抬起頭，讓兩人的距離接近到了臨界點。停頓一下，閉上雙眼。

　　是那麼輕柔細微的，貼上小沂的雙唇。

　　兩人忘我的，擁吻。

　　這一次，Eason不是哭慘被撫慰的擁抱。而是，主動索求那

充滿思念與療癒的擁抱。

以及那彷彿永無止境的深吻。

──

陽光斜射，樹影婆娑，兩人在夏綠地公園漫步。

Eason牽起小沂的手，一起走逛酚紫藥局，台中歌劇院。

「Eason，你不怕被你姊姊或在台中的朋友看到啊？」小沂假裝害羞地說著。

Eason微笑地搖搖頭：「我現在的眼中，只看得到妳，已經看不到其他人了。」

兩人拖沓在大草坪上的細長身影，疊合為一。

夜晚，吃完晚餐後，Eason開著小沂的車，一起回到Eason車子旁邊。美好的一天，終究還是需要告別。

小沂此時才第一次見到Eason的車，是輛很普通的二手白色廂型車。Eason總覺得，一般女生應該看了都會很囧吧。

「很可愛呢！白白胖胖的模樣。」小沂卻說出令Eason大感意外的評語：「那……我們來幫它取個名字吧！」

「嗯……叫灰灰好了。」Eason想了想，先起了個名字。

「為什麼呢？」小沂不懂。

「因為它常常停在樹下，落葉啊、鳥屎啊，白色都變髒了，只好叫灰灰囉～」Eason又開始開玩笑了。

「灰灰……你好可憐，你的主人竟然這樣說……」小沂竟然認真的為車子打抱不平了。

「呃……好吧，那……我想到另外一個名字：雪球。」Eason不願見到小沂難過，趕緊提出另一個名字：「小沂妳覺得如何呢？」

「嗯……好像還不錯。不過，你這樣的命名一定是有故事的對吧？」小沂對Eason越來越瞭解了。

「當然囉，這個命名是有典故的唷。」Eason說故事時間又

開始了：「以前美國有一個天文學家，專長是研究彗星。原本一般科學家認為彗星的核心主要由冰組成，但他提出一個假說，認為彗星的核心是冰跟各種物質混雜而成，像顆髒雪球一樣，所以後來被科學界稱為『髒雪球假說』。總覺得很適合這台車，陽光下飛快行駛的時候像彗星一樣閃亮，停下來近看又像是個髒雪球……」

「雪球……你好可憐……你的主人總是嫌你髒耶……」小沂囧了：「Eason，我們以後只能叫他『雪球』，不能叫『髒雪球』！」

「嗯！我答應妳。」

昏暗偏黃的燈光下，街道上空無一人。小沂坐在雪球後排座椅上，平靜的說著：「Eason，時間差不……」

小沂話還沒說完，站在車外的Eason，猝不及防的吻上了小沂的雙唇——

小沂閉上雙眼，回應著Eason深情無比的深吻。兩人沉浸在難以自拔的浪漫氛圍中，彷彿直到時間的盡頭。

第20話　康熙台北湖

　　台北，中央氣象局局本部一樓，地震走廊。

　　一位帶隊文史老師，與社區大學學員們，在服務科同仁引導下，抵達地震走廊終點的大螢幕前。站在大螢幕旁邊準備進行解說的，正是準備已久的Eason。

　　而小天等幾位中心同仁，也站在附近觀摩著。

　　Eason環顧四處，頗有感觸。

　　遙想很久很久以前，還是個高三學生、一心只想從事地震研究工作、對教育推廣絲毫不感任何興趣的Eason，在分別考完推薦甄試和申請入學考試後，接到師大地科系正取、中央地科系備取的結果，竟然硬是等到中央地科系備取上了、就大剌剌的放棄師大地科系的錄取資格。

　　時過境遷，大學畢業後繼續唸台大海研所碩士班的Eason，為了自食其力、賺取自己的生活費，開始兼家教、到補習班兼課，教著教著……竟然就逐漸教出一些不一樣的感受，也開始在部落格寫一些耍白爛的科普文章。

　　之後博士班二年級時，Eason找到了一份大學通識課助教打工，卻意外碰上一位開明的優秀教授，把每堂3小時課程的最後1小時，移給助教自由發揮、分組帶學生製作學期報告——這讓Eason那時逐漸萌芽的思維教學與跨領域理念，獲得極大的揮灑空間！Eason投入相當大的熱情，把一般認為有點枯燥乏味、或太過強調環保意識的環境變遷議題，嘗試跟學生各自的科系專業或國際最新發展作結合，例如引導資管系學生往碳交易市場並模擬企業因應對策方向思考、引導文學院學生從災難文學中找出寫實或創作的環境變遷事件等，並在充裕的助教時間中熱心介紹資料收

集和邏輯思考的方法。當然這第一次的嘗試不見得能獲得全部學生的認同，但部分學生認真地參與及製作報告，就讓Eason獲得相當的成就感了！

　　或許，這就是Eason到地震中心上班後，每次被安排在地震走廊解說，總是刻意不採用制式的地震中心業務介紹PPT，而是提早準備、並依來訪團體的特性做客製化介紹的原因吧。無論工作上多麼忙碌、司法事務上多麼心力交瘁，用心的解說、獲得訪客的良好回應，就是Eason的一種心靈抒發出口。

　　「歡迎各位來到地震測報中心！我叫Eason！」

　　此時，站在聽眾面前的Eason，一如往常充滿自信的開場白：「在跟各位介紹之前呢，我想先跟大家閒聊一下。我聽說今天來的各位是社區大學的文史團體對嗎？」

　　「對～～」聽眾們很配合地回應。

　　「那……我想請問一下，有老師在場嗎？」Eason微笑詢問。

　　「有～～」聽眾們紛紛轉頭看向帶隊老師。

　　「老師您好！想請問一下，今天來到地震中心，有沒有什麼特別想聽的內容呢？」Eason輕鬆的詢問著。

　　「我想可以介紹幾個台灣歷史上的地震案例，像是康熙台北湖、或雲林口湖的大海嘯……」文史老師聲音宏亮的回應著。

　　「喔？正好我今天有準備一些。」Eason充滿自信的回答。

　　現場觀眾立刻笑開懷、並給予Eason鼓掌。

　　「欸～這樣講的好像我跟你們的老師套招一樣……」Eason笑咪咪地說完，現場立刻爆出更歡樂的笑聲與熱烈鼓掌！

　　「那麼，我們就從康熙台北湖開始說起吧！」Eason開始進入正題：「相信大家對台北的文史一定很熟悉。那，對於郁永河這個300多年前專程跑到大屯火山採硫磺的清朝官員，大家一定都聽過吧？」

「當年他到達淡水，在淡水的漢人通事張大的帶領下，搭著海舶──或者大家更常聽到的用語是戎克船──穿過現在的關渡河口，看到眼前出現一片廣大到看不到邊際的大湖！這，就是我們現在所說的──康熙台北湖──」Eason一邊用指揮棒指著大螢幕上的地圖、一邊開始說著故事。

「張大告訴郁永河：『三年前，這裡原本是盆地，卻突然地震連發！當地的原住民感到很恐慌，紛紛搬離原本的居住地。沒多久，就變成現在眼前所見的大湖了！您看那湖面上的竹樹梢，那邊可是當地原住民原本的村落所在地呢……』。這讓郁永河不禁吃驚又感嘆：『桑田化為滄海，竟然就發生在眼前啊……』」

「好！讓我們暫時先回到現代，大家開車經過中山高、以前有個泰山收費站那邊，應該都對那個陡上坡有印象吧？大家有看到台北盆地西側跟林口台地的交界嗎？那裡就是鼎鼎大名的山腳斷層，也就是近幾十萬年來讓台北盆地形成的正斷層。因此，一般大家就很自然而然地認為300多年前那時，也是因為山腳斷層發生大地震，台北盆地陷落、海水沿淡水河入侵，而形成康熙台北湖！」

「可是……問題來了喔。近年來，300多年前山腳斷層發生大地震這個說法，逐漸遭到許多學者的挑戰。有歷史學者發現，跟康熙台北湖年代最接近的康熙臺灣輿圖中，台北盆地內只有兩條河流、並不是一個湖。另外，在郁永河離開台灣12年後，官方核定的〈陳賴章墾號〉標示著漢人正式開始大規模開墾台北盆地，如果是斷層陷落導致海水入侵的台北湖，嗯……大家可以想像一下，鹽化過的土地其實很難在短時間內恢復種稻的喔……」

「而地質學者透過鑽井通過山腳斷層，分析斷層帶上的斷層泥年代，也認為300多年前沒有大規模活動。還有地震學者，利用電腦數值模擬做計算，發現如果真的是山腳斷層大地震、造成3～5公尺深的台北湖，這種程度的下陷量，至少是規模7.0以

上的極淺層地震！嘖嘖……這種程度的大地震，可不只有台北盆地內的原住民會感覺到『地動不休』了，連住在淡水的漢人通事張大、甚至基隆、桃園、新竹都能感受的強烈震動！可是張大跟郁永河的說詞，似乎一切騷動都發生在台北盆地、淡水沒啥災情……」

「嗯……所以啊，現在學術界已經越來越否定康熙台北湖存在的可能性，轉而認為……會不會是郁永河畫唬爛？或是頂多現在社子島一帶低漥處淹水、郁永河過度誇大呢？」Eason說完，目光掃向現場所有聽眾。

「……」一片鴉雀無聲。

Eason以獨特的嗓音表達著：「這，就是『康熙台北湖』直到現在，都是一場跨越地球科學及文史領域、台灣史上極度神祕的事件之一！我們今天就從這個事件談起，再一路跟大家聊到地震測報中心跟大家生活息息相關的一切吧！」

現場聽眾莫不聚精會神，專注聆聽。

而正準備繼續大展身手的Eason，看到大螢幕上google地圖的大屯火山，想起上個月值班時的連續地震，如今似乎又較為安靜……是否還有充裕的時間跟聽眾分享呢？

第21話　火山SOS

　　地震走廊解說後的隔天，Eason還在吃早餐，突然來了一通電話。接聽起來，原來是原本安排今天下午進行SOS^{（註37）}解說的同仁突然有急事無法解說，服務科緊急協調！

　　Eason心想，嗯……正好之前有抽空調整了一些playlist^{（註38）}內容，直接上場是沒問題的，就答應了。

　　SOS是由NOAA^{（註39）}開發的一套地球科學推廣解說系統。硬體部分由一顆直徑173公分的大球置中、分布四周的投影機和遙控介面共同組成。軟體部分則由NOAA和NASA^{（註40）}在SOS網站上免費提供解說材料，並不斷推陳出新。

　　Eason初到氣象局時，就被這顆擺在入口處的大球所吸引。之後因緣際會，2018年桃園市舉辦農業博覽會，廣大展場中特別設置SOS解說展示室，由氣象局負責解說天氣與農業的關聯。因為一時急需解說人力，Eason便在那個時機加入了氣象局的SOS團隊。活動結束後，仍持續在局內進行SOS解說。

　　對Eason而言，SOS跟地震走廊解說一樣，都是藉由解說、與訪客互動來舒緩Eason苦悶又壓抑的沉重心靈的管道。而與地震走廊不一樣的是，SOS大部分的解說材料較屬於大氣、海洋領域，因此SOS團隊成員多為氣象預報中心、氣象科技中心、海象中心……等相關單位同仁，地震測報中心的同仁很少。但對Eason來說，SOS不只是一個把地震活動、板塊移動、火山分布等資訊用大球靈活展示的解說工具，更是一個提供全球視野及跨領域特性的有趣大玩具！而服務科的廖科長也很放心的讓Eason進行各種解說嘗試，讓Eason感到備受尊重與放鬆。

　　「歡迎大家來到氣象局！今天由我來跟各位做解說。我來自

氣象局的地震測報中心，小朋友叫我Eason叔叔就可以囉！」習慣提早半個小時到場準備的Eason，看到訪客抵達後，以溫和的笑容迎接。

「來、來、來，小朋友坐到前面，靠近我圍成一個半圓。這不是上課，是叔叔要講故事喔。」喜歡跟聽眾互動的Eason，總是希望讓聽眾以輕鬆的方式聆聽，對小孩子就更是如此了。

「首先啊，叔叔想跟大家介紹一下你們眼前的這一顆一直在轉的地球，等一下還會變成其他球喔！」Eason開始介紹：「這顆球叫做SOS——小朋友有聽過SOS是什麼意思嗎？」

「求救！」有一個小孩很快地回答。

「哇你好厲害！大家為他拍拍手。」Eason不吝於稱讚孩子，也希望能鼓勵更多孩子主動回應。訪客們也很配合的鼓掌。

Eason接著繼續介紹：「對喔，SOS最常見的意思就是求救，不過這裡的SOS是Science On Sphere的意思——就是用這顆球來介紹一些跟科學有關的故事。而且啊，這顆球很特別，在全台灣只有3個地方有：台中科博館、基隆海科館，還有氣象局這裡唷！而更特別的是，今天的Eason叔叔不只會跟大家說科學的故事，還有更多貼近日常生活的故事喔～」

「聽說大家是親子共學團的對嗎？來自哪裡呢？」Eason照慣例跟訪客交流、建立互動連結。

「北投～～」幾位家長和小孩子回答著。

「哇那你們知道北投旁邊有一個火山嗎？」Eason引導著。

「我知道！」

「我去過！」

「是大屯火山！」

「對唷！大家都很棒！」孩子們紛紛踴躍的回答，讓Eason微笑了起來：「那大家會不會怕火山爆發啊？」

「會啊！」

「好可怕……」

「看到岩漿要趕快逃！」

孩子們七嘴八舌討論了起來。此時Eason趁機操作平板、切換到下一幅展示動畫。

「真的，火山爆發很可怕。不過，除了大家一般在電影或電視中看到、主角被岩漿追著跑的驚險畫面之外，火山爆發還有更多故事。」Eason把雷射筆光點指到球面上：「這裡是什麼地方，有人知道嗎？」

「是冰島。」一位家長回答。

「是的沒錯。這位爸爸是不是有帶小朋友去過啊？」家長笑了一下，Eason繼續說：「冰島是個很神奇的地方，天氣冷到不愧被稱為冰島，卻很常火山爆發，溫泉、地熱發電都很發達。」

「現在大家看到球上面的這些紅線跟藍線，小朋友要不要猜一猜代表什麼意思呢？這個答對了就更厲害了，猜對的話Eason叔叔加碼送小禮物！」Eason繼續互動。

「紅線是……飛機的路線！但藍線……想不到耶……」一個比較大的孩子回答出一個答案，Eason立刻送上氣象局的文宣品當作小禮物，也再請大家為孩子鼓掌。

「Eason叔叔告訴大家，藍線是船運的航線喔。」Eason解說著：「大家有沒有覺得，哇……好密集啊！稍微記一下畫面喔。」

隨後Eason再切換到下一幅動畫：「現在大家看到的是2010年冰島火山爆發後，大量火山灰在大氣中隨風飄來飄去的真實情況喔！好！這時請大家跟剛剛看到的密集航線畫面在腦袋裡面稍微重疊一下，有沒有想到什麼狀況呢？」

眼看大家略為陷入苦思，Eason便直接說明：「2010年的冰島火山爆發，導致歐洲跟美國之間非常密集的飛航往來，中斷了很長一段時間喔！」

看到大家恍然大悟的表情，Eason隨後繼續說：「這就是全球性的火山爆發，影響的不只是當地居民，規模越大，世界各地受到影響的範圍也就越大。不過，氣象專家可以透過天氣預報，告訴大家火山灰往哪裡飄。」

「世界各地還有許多火山，等一下show給大家看。2010年冰島這次還不是最嚴重的，西元536年那次火山爆發，導致全球籠罩在火山灰的陰影下，農作物歉收、大規模飢荒，之後又爆發鼠疫……真是人類史上很難熬的一段時間呀！另外，西元1783年的冰島火山爆發，也導致那時的歐洲糧食短缺、經濟受創，甚至被認為是之後引發法國大革命的原因之一呢！」

「叔叔，我們能夠提早知道火山爆發嗎？」一個孩子發問。

「嗯！你問了一個很好的問題喔！」Eason稱讚著孩子，隨後解釋：「大部分情況下，火山爆發是可以提前預警的喔！火山爆發前小地震會變多、火山口附近的溫度和氣體會有異常變化，我們都有在監測唷！一旦發現異常就會提早告訴大家喔！」

說是這麼說啦，但想起台灣火山監測的現況、以及幾次參加火山會議的情況，Eason只能苦笑了。

第22話　Kursk

　　星期三的清晨，Eason心情愉快的開車在高速公路上，今天是跟小沂難得各自請假的約會，也是Eason難得不是為了處理令人傷神的司法相關事務而請假。為了避免請假時又公務纏身——那是Eason早已經歷多次的窘境——Eason前一天盡量把手上的業務提前完成、把負責管理的各系統都檢查一遍，才比較放心的下班。

　　交往當然並非總是甜蜜的。相處越久，越會發現彼此許多認知上的差異。Eason身心上的忙碌與疲憊，以及為了因應困難的經濟狀況而極度節省的生活模式，越來越常讓小沂認為Eason沒有照顧好自己。小沂曾多次主動買衣服等生活用品送給Eason，讓Eason感到既窩心又虧欠，想要彌補的心意，卻並非小沂的祈願。有時生氣、有時抱怨，Eason明白那都是小沂真心想對男友好的表現。只是終究，逐漸埋下一次次不合的導火線。而Eason習慣性默默自我檢討的性格，或許反而平添挫折。

　　然而，無論多少次不合，無論未來關係如何，Eason都只想好好珍惜跟小沂相處的每個時刻。

　　到高鐵站跟小沂會合後，Eason抱住小沂久久不放，完全不顧站內熙攘旅客的眼光。隨後開車前往大溪老街，非假日的觀光區顯得較為冷清，Eason和小沂卻都比較喜歡這樣悠閒而不擁擠的感覺，當然專賣觀光客的店家也少了許多就是了。

　　「非假日還會開的小店，往往才是更道地、當地人會消費的老店。所以，只有在非假日來的時候才會發現喔。」Eason分享著心得，隨後也邊走邊介紹著大溪老街的文史故事。

　　「登——登——登登登登——登——」此時，Eason的手

機鈴聲突然響了起來，Eason心想：不會吧？

「學長，不好意思在你請假的時候打擾，主計人員說你昨天送出的火山會議核銷公文需要再補件……」是代理人的來電。由於小天仍沒有簽辦公文的權限，課內也找不到適合的人代理，Eason便找地球物理課一位較熟識的學弟幫忙。這通來電讓Eason感到頗為無言，明明送出的公文都有照之前要求附上全部附件，主計瑩君卻又冒出新的要求……但這件公文不能拖到隔天，於是Eason花了一些時間說明。交辦完畢後，Eason才跟小沂繼續逛街。

「登──登──登登登登登──登──」散步途中，手機鈴聲又響。

「Eason，震度顯示系統好像上游資料斷了不少，剛剛小天也查不出原因，你想一下可能是什麼問題。」負責震度顯示系統下游資料庫的小明來電，於是Eason又花了一些時間跟小天指引故障排除檢查方向，才解決這個問題。

「登──登──登登登登登──登──」又是代理人的來電？！

「學長……不好意思，主計人員剛剛又來電說她對你的server採購案規格書有疑問……」代理人當然也不明白Eason負責的採購案內容，只能再來電求助。

「謝謝你的通知，我之後回辦公室再跟瑩君說明。」Eason略顯無奈，怎麼會一直接到電話呢？

「登──登──登登登登登──登──」WTF……阿咧，是課長……

「Eason，我是要提醒你，盡量不要找別課的同仁當代理人，這會讓我在公文核章上有困難。」課長明白的表示不滿。

「課長很不好意思，但今天真的找不到課內正職同仁代理，更何況我的業務本來就沒什麼人能代理……」Eason也率直反應。

「Eason……你還好嗎？」看著從早上到中午、接連接了4通公務來電的Eason，小沂擔心的問著。

「哎……我比較覺得不好意思，我們的約會一直被打斷……」Eason充滿歉意的望著小沂。

「我不會介意。國家需要你，這是你的任務呀。」小沂這麼回應。

「呃……小沂妳也太誇張了。我只是一個基層公務員、小螺絲釘而已，不會把自己想得那麼重要的。」Eason無奈地嘆了口氣。

下午，Eason帶小沂返回租屋處休息。愛看電影的小沂，提議看一部2018年上映的電影「庫爾斯克號：深海救援」。於是，Eason把筆電搬到床邊，兩人就一起窩在床上，慵懶的欣賞著電影。

「Eason你看！魚雷爆炸引發的地震規模有3.5耶……」小沂驚呼著。

「對耶……可是影片中show出的震波波形有點怪怪的，一般爆炸呈現的波形應該只有P波比較明顯，這是因為爆炸的作用力方向是由中心向四面八方擴散出去的。不過影片中的波形看起來S波也蠻明顯的，但那是double couple^(註41)的特徵呀……嗯我們繼續看下去吧。」Eason只簡單說明一下，想說畢竟電影還在播放中，解釋太詳細難免破壞觀賞樂趣，就點到為止。

「你是說電影呈現的可能不太正確嗎？」但小沂好奇的繼續追問。

「呃……我不會直接就做出那樣的判斷，畢竟這部電影一路看來都還蠻寫實的。待會看完，我查清楚後再跟妳做詳細的解釋，好嗎？」Eason微笑的說著。

「好喔～」小沂滿意的繼續看下去。

不過，Eason又歪頭一想，若回到事故發生當時，既然這段

波形有明顯的P波、S波，為何沒被北歐各國的地震測報單位視為普通的地震、反而很快就發現是意外事故？當然或許可以猜想，Kursk號爆炸所在的巴倫支海地區地震很少、而這個事件經過地震定位後的震源深度也必然淺到不像是天然地震吧。無論如何，Eason對這個事件、對北極海域一帶的地震構造都很陌生，就還是等有空查閱相關資料後再思考吧。

看完電影後，Eason帶小沂到一間馴鹿餐廳享用晚餐。擅長沖泡好喝Latte的小沂，還跟店家買了一包咖啡豆。Eason暗自慶幸還好後來沒再接到公務電話，正想再帶小沂到新竹都城隍廟一帶買她喜歡的小點心，結果——

「登——登——登登登登登——登——」Eason瞬間頭皮發麻！

「Eason嗎？不好意思有點急需要你的幫忙！兩台發布主機現在都有大量測站斷線，一直沒有恢復，大毅跟阿達課長也連絡不上……」駐點工程師擔心的說著。

「Eason，沒關係，我知道那是重要的事，我提早搭車回去，你去幫忙吧。」小沂貼心的回應，讓Eason更感糾結。

高鐵站內，Eason緊緊抱著小沂，直到列車快到站了才依依不捨的放手。

夜深了，Eason開著雪球在高速公路上奔馳，趕赴氣象局處理緊急故障排除。直到半夜，才全數處理完畢。

第23話　法醫地震學

台北，南港展覽館。

前夜才緊急處理完故障排除的Eason，今天一早再依原定行程趕赴南港展覽館，代表地震測報中心參展國際安全科技應用博覽會，介紹EEW系統在民生方面的應用。同時，趁人少的時候再電話連絡主計瑩君，解釋server採購案規格問題。說真的，有點疲憊。

一同顧攤的資料應用課課長，趁著沒人的空檔，跟Eason聊到兩周後有個環境教育國中小教師團體到地震走廊參訪，詢問Eason是否有解說意願。Eason想到昨晚在局內洗完澡後，上網簡單瀏覽一些了關於Kursk號爆炸事件的相關資訊，加上原本就對運用地震監測技術解決生活環境議題的題材有些想法，便順勢答應了。

兩周後，中央氣象局局本部一樓，地震走廊。

「各位對2011年的日本大海嘯還有印象吧？」Eason站在地震走廊終點的大螢幕前，跟來訪的環境教育老師們介紹著地震中心的業務：「在那次事件後，現在地震測報中心也已經建立了海嘯預警機制。如果是遙遠地區引發的海嘯，會透過太平洋海嘯警報中心的通報，啟動我們的海嘯預警。如果是台灣附近海域發生規模大於7.0的大地震，就會用我們自己的強震即時警報系統直接銜接到海嘯預警系統，把海嘯警報快速發布出去。」

「但我聽說不只大地震會引發海嘯，還有其他原因……」一位似乎頗有概念的中年帥氣男老師提出補充見解。

「老師您專業的喔！」Eason開心地稱讚著：「而且也把我待會要講的說出來了。」

在場的聽眾紛紛笑了出來。

「沒有錯，其實任何能造成海水大規模擾動的事件，例如隕石撞擊海域、海底火山爆發、海底山崩、濱海坡地山崩……等，都可能引發海嘯。這其中，海底山崩是最難預知的狀況。」

「我舉2018年印尼蘇拉威西島海嘯作為例子吧。」Eason把投影片切換到下一頁：「大家別覺得印尼是個科技比較落後的國家，其實他們也都已經建立了強震預警系統跟海嘯預警系統。所以，這個地震發生後，BMKG^{（註42）}在海嘯上岸前其實有發出海嘯警報。只是，這個地震的震源機制解——回想一下前面介紹過的海灘球——比較偏向平移斷層的機制。一般來說海底平移斷層比較不會造成海嘯，因為沒有垂直位移。BMKG計算出來的海嘯波高不高，像距離最近的城市Palu預測波高是0.5公尺以下，結果實際上岸的海嘯浪高達5、6公尺！當然造成嚴重災情了……」

「事後科學家分析這次海嘯事件，認為造成超乎預料海嘯的原因，一個是Palu這個城市正好位於海灣盡頭，地形效應讓海嘯浪高越堆越高。但海嘯來源呢？一般認為很可能是強烈地震造成的海底山崩。」

「而這種抽絲剝繭、運用現代地震學的技術找出造成災難真正兇手的工作，除了作為科學研究成果之外，也被稱為是：『法醫地震學』。」Eason如此介紹著。

「『法醫地震學』的應用範圍很廣喔！基本上所有能被地震儀偵測到震動的訊息，都可以被拿來分析。一般最常見的用法，就是偵測核爆啦。像前幾年北韓動不動就進行核試爆，基本上都躲不過地震儀的偵測。其實就跟地震定位的原理一樣，picking全球各測站的核爆震波到達時間，用定位程式計算，核爆的位置、深度和爆炸時間一次算完。當然多少會有定位誤差啦，但基本上是無所遁形的。」Eason信心滿滿的說著。

「老師我想請問一下，但也有可能是真正的地震啊？你們要

如何分辨呢？」另一位瘦高的男老師提出疑問。

「這位老師，您問得非常好。」Eason就是喜歡聽眾願意互動：「住在台灣的我們應該都知道，地震波有P波、S波吧？一般來說，爆炸的震波只會有明顯的P波，S波很小甚至沒有。這就是很快可以分辨的方法。」

「但是呢……有規則就會有例外。西元2000年，北歐挪威、瑞典、芬蘭一帶的地震測站都記錄到來自北極海域的震波訊號，P波、S波都有，最大規模達到3.5左右。不過，震央附近一帶在有儀器紀錄以來似乎不曾發生規模這麼大的地震，引起了懷疑。最後證實是一艘俄國的攻擊潛艇Kursk號在演習時發生意外，魚雷爆炸所造成的震波。」Eason邊說邊想著，是小沂讓Eason多了一個很值得介紹的題材呀。

「那如果這類的事故發生在台灣附近呢？」一位年輕的女老師提問。

「老師您腦筋動得很快，沒錯唷，以台灣頻繁發生地震的背景，這類事故若發生在台灣附近，確實又更困難了。不過，我們還是可以採用**時頻分析**[註43]、**bubble pulse分析**[註44]……等更多進階分析方法來解析波形。」Eason看大家有點聽得頭昏腦脹了，就再換個話題：「話說，其實法醫地震學在台灣是真的有實際應用的案例喔！」

Eason這一說，馬上就把眾人的注意力都吸引回來。

「2014年的高雄氣爆事件，大家應該都知道吧？氣爆發生後第一時間，大家都無法預料還會不會再發生爆炸或坍塌，不敢輕易深入現場搜索氣爆中心。然而，台灣有位地震學家就運用附近幾個地震測站的波形，一樣用地震定位方法，找出可能的氣爆中心位置喔。」Eason如此解說著。

現場老師們一時熱烈的討論了起來。

「老師您好，請問你們氣象局也有例行在做這類的監測工作

嗎？」看起來是領隊的老師問著。

「當然……」Eason清了清喉嚨：「沒有啊！」

「你們看我這樣一路介紹下來，地震測報中心現在已經負責了強震即時警報、正式地震報告、海嘯警報等業務，之後還有火山警報業務即將上線服務……欸，對我們這個政府部門的小單位來說，真的忙不過來啦。」Eason假裝一副無力的模樣說著：「這是為了跟各位環境教育老師解說，才特別準備的內容唷。那麼，時間也差不多了，今天的解說到此結束，謝謝大家！」

現場響起熱烈的掌聲，久久不息。

直到解說結束後，Eason才注意到，除了經常會來聆聽的同仁之外，平常不太會抽時間聽地震走廊解說的副主任，似乎已經在旁邊待了好一段時間了……

第24話　兼任助理

「Eason，你下午到我辦公室一下。」副主任對剛結束地震走廊解說的Eason說著。

中午休息時間，Eason邊吃午餐邊想著，副主任該不會認為因為有小天分攤一些工作，所以又要交辦新的專案業務吧？但老實說，帶小天工作其實比自己一個人做還更花時間，還需要一些時間才能讓他獨力分攤一些業務啊。最近又因為火山會議的關係，越來越忙不過來了……

Eason不免嘆了一口氣，心想在公部門追求工作效率實在是不聰明的選擇，越有效率的把工作做完、還有餘裕處理其他事，往往會被長官認為還可以交辦更多工作，所謂「能者多勞」，搞到後來變成「能者過勞」，反觀有些比較擅長安排工作節奏的同仁就不會有這種煩惱……唉……這次一定要跟副主任堅持立場啊……

下午1點半，Eason進入副主任辦公室。

「Eason，請先把門關上。」副主任交代著。

嗯？副主任通常不會搞閉門會議的……但Eason還是照做。

「Eason，我就簡短直說吧。我最近有一個計畫案通過審核，即將開始執行，想找你兼任這個計畫的研究助理，處理行政、核銷事務。」副主任直接單刀切入正題：「我跟你的課長都知道你的經濟困難狀況，兼任助理每個月6000元雖然不算太多，還是希望能多少改善一些你的處境。」

「工作內容只有行政、核銷事務嗎？」Eason很感謝副主任和課長的照顧，但仍隱約感覺到事情並沒那麼單純。

「你果然很敏銳。」副主任顯露出難以言喻的複雜表情，進

一步壓低音量說著：「接下來跟你說明的事，你出了這個門之後絕對不能跟其他人說。」

「嗯。」Eason應允。

「這雖然是科技部的計畫案，但真正的經費來源是國安局。你真正的工作內容……跟你早上在地震走廊講的東西有關。就像分析那個俄國潛艇事故原因的單位一樣，我們的國安局近年來其實也成立了一個機密訊號分析小組，專門處理分析各種可能對國家安全有威脅的機密訊號。如果發現任何異狀，就要盡快提供情資向上呈報。」

「但這是一個無法公開的機密組織，不然就會面臨被立法院審核預算、被立委索取機密資料的處境，我想你應該多少知道我們國家面臨的軍事威脅、以及一些立委的背景吧？所以這個機密組織的預算就化整為零、分散到各部會的研究計畫案，組織成員就各自承接計畫去執行。」

「國際上，雖然有些國家有公開的專責單位執行這類任務，但也有不少國家跟我們一樣分散到不同政府單位、甚至還有分散到民間公司的……啊，對了，真要說推動這個機密組織成立的最高來源，其實不是我們的國安局，而是美國那邊的壓力。剛好他們7月會來訪，到時再帶你出席。」

副主任一口氣講了許多從未聽聞的事務，讓Eason一時語塞，從來沒想到會有這種事。

Eason反應過來後才提出疑問：「呃……可是，副主任，我想你也知道，我們整個地科界應該還有蠻多優秀的訊號分析人才，特別是學術界，他們更有充分的時間和動機去做這件事吧？怎麼會找到地震中心這邊呢？」

「Eason，你說對了一部分。這個機密組織的成員，有些就是在學術界的。像你今天早上介紹的、分析高雄氣爆中心位置的地震學家，就是組織的主管之一。你其實跟他也很熟吧？」副主

任娓娓道來：「但這個組織還有一個需求，就是需要能即時分析大量、涵蓋台灣全域地震資料的單位，才能對那些特殊事件做出全面且第一時間即時反應的分析研判、並提供情報，放眼全台灣，也只有地震測報中心了。」

「而在我們中心，對即時地震資料收錄系統有最完整認識和維護管理經驗、還具備分析解讀各種訊號能力、又需要一些額外資助的人，我想到的就是你了。」

Eason忽然感覺到有點毛骨悚然，這當然不是聽到自己能力被肯定的正常反應，而是進一步想到自己所負責的工作範圍竟然正好處於這種關鍵位置，就算Eason拒絕，未來也難保有一天更大的麻煩主動找上門……換句話說，Eason基本上已經沒有拒絕的選項了……

「好的，我明白了。」Eason心情複雜的接下兼任助理的工作。而隱藏在這普通工作背後的，是自己從來未曾想過會涉入的機密任務。

「Eason，再次提醒你，你接下的這份機密任務，絕對不能對外透露任何資訊，包括最親近、最信任的人都不行！」副主任神情嚴肅的提醒著。

「嗯，我很清楚。」Eason此時想到小沂。一向都不希望對小沂有任何隱瞞的Eason，該怎麼辦才好呢？

「那麼，之後有任務，分析小組就會直接用Email的方式通知你。當然信件內容和附件都是有加密的，而且檔案開啟10分鐘後就會啟動自動銷毀機制，你要自己備份，也要特別注意資安問題，機密文件絕對不可外流。」

「你做完的分析報告，當然也一樣要加密後再Email回復。一旦被查出機密外洩事件，會依國安法搜索逮捕、移送審判，自己多注意了。」副主任語重心長的交代著。

Eason開始微微冒出冷汗。

「那就先交代到這裡。還有問題嗎？」副主任詢問Eason。

「暫時沒有。之後有想到再問副主任。」Eason回答。

「好，那就這樣。把門打開吧。」

　　走回辦公座位，Eason仍然感到頭腦難以冷靜下來。Eason忍不住想大聲抱怨——雖然最終還是只能在內心幹譙而已——擔負著如此的機密任務和保密責任，竟然只有每月6000元這種死豬價⋯⋯這個國家是怎麼回事啊？！Q_Q

第25話　南海神祕爆炸案

接下副主任的研究計畫兼任助理後，由於Eason也是首次接觸研究計畫的行政工作，接下來幾天便忙著找有經驗的同仁討教，同時照規定線上學習學術研究倫理教育課程。

「學長……你好像變得更忙了耶？」小天路過關心一下。

Eason只能苦笑以對：「不好意思呀，我這個線上課程學完後再去幫你看Eathworm系統設定的狀況。」

此時，Eason突然注意到系統通知收到了一封Email，打開Outlook一看——咦？寄件者SCORPII？天蠍座？沒見過啊……會不會是**社交工程演練**[註45]信件？哎，那真是一件很討厭的事，上級機關頻繁寄出各種釣魚電子郵件吸引同仁上鉤，一旦點開就會被記點數，局內各中心還被安排玩大評比，點開釣魚郵件比例最高的中心降低考績甲等比例……Eason當然並非認為這件事不重要，而是當整個公務體系老是把過多心力放在這種事情上，一直宣導只要可疑信件就刪除，提升的保守性格恐怕比警覺性還多。

於是Eason主動跑去找副主任確認，不出所料，「SCORPII」就是機密訊號分析小組的代號。

於是Eason返回座位繼續工作，直到傍晚6點同仁都差不多下班後，才打開郵件。首先映入眼簾的，是

SCORPII

Seismic Classified Organization Real-time Processing Information Institution

——Scope Insight!

好個「Scope Insight!」啊……Eason心想，連這個機密單位也需要鼓舞人心的標語啊？欸，算了，還可以啦。

Eason陸續輸入多組確認密碼，最後再通過人臉辨識，才成功開啟檔案。Eason謹記副主任的交代，趕緊先備份檔案內容，然後好奇比較一下兩個檔案，果然是檔案作者資訊的差異。

　　幾分鐘後，桌面上跳出「檔案已損毀」的訊息。

　　Eason確認四周都沒有同仁後，才開始閱讀案件內容。

Dear Eason,

主旨：請查明5月31日「南海核潛艇神祕爆炸案」事件真偽。

說明：

一、網路上流傳南海海域於UT時間5/31 23:22發生兩萬噸當量的水下爆炸（新聞內容如附件1），並附上全球地震觀測網台北站（TATO）的地震波形圖（如附件2），且在台灣與中國廣東都記錄到輻射量上升（如附件3）。

二、由於近期南海局勢緊張，美軍在南海的巡弋活動頻繁，亦不排除中共核潛艦的可能性，故急需查明此事真偽，以供情報部門進行進一步研判。

擬辦：限24小時內回覆分析報告。

Best Regard,

SCORPII

　　「呃……這內容看起來沒有很機密的感覺啊。還限24小時內回覆……要是我今天請假不就直接pass過去了？雖然可能不只寄給我一個人而已。」Eason略顯不滿地喃喃自語：「而且那波形一看就比較像遠地地震的波形啊！欸……可是有Kursk號潛艇爆炸事件的前例，還是稍微仔細查一下好了。」

　　Eason想了想，地震中心在南海海域只有2個測站，台灣本島的測站都太偏一隅，對地震定位的測站包覆度相當不利，於是Eason到IRIS（註46）網站下載南海周遭幾個全球地震網的測站資

料，卻很不巧剛好缺少了越南的測站資料，或許是剛好處於維修中或資料暫不提供等原因。

　　但少了越南的測站，對地震定位仍有影響。Eason想到博士班時期的研究室夥伴、來自北越的Duong，便用FB messenger傳訊息，以研究工作的名義向他詢問地震資料。雖然對老友無法明說，實在有點過意不去，但對博士班時期就在做越南北部震波速度構造研究的Eason而言，又顯得不那麼奇怪了。

> hey~ Duong! recently I have a research topic about seismic tomography of South China Sea, could u provide some broadband seismic data from Vietnam?

Really? Great! I thought that you won't do research anymore.

> haha…more or less relate to work…

haha! It's OK. Same with me.

So how many stations do you want?

> 3~5 onshore stations. Thank you!

Sure! later I will send link to you.

簡單談完後，Eason頭往後仰、斜躺在椅子上，略為回想起研究所時期的時光。怎麼可能會不希望繼續做研究工作呢？然而現實也好，際遇也罷，似乎是逐漸越走越遠了。

稍晚，Eason取得資料後，趕緊轉檔、隨後做地震定位，確認在媒體報導的時間和地點，並未有任何劇烈震動發源自南海海域內。

Eason進一步繼續觀察TATO測站的波形，發現約23:55左右的地震波形跟網路上的資料很類似，但那卻是23:50發生在寮國、規模6.2的地震造成的！因此，從震波分析的角度來看，所謂的「南海神祕爆炸案」差不多可以證明是假消息了。

半夜12點已過，連值班人員都睡了，Eason答應小沂早睡早起的承諾，又一次沒做到了。駐點工程師走過來來開玩笑說有Eason「鎮守」辦公室、系統就不會作怪了，Eason只能沒好氣的回應：「你看我長得像綠乖乖嗎？」

忙了一整天的Eason，實在無力了，決定用最簡要的分析報告交差。想到第一個接手的案子，結果竟然是偵破假消息，有點哭笑不得，又或許有點貼近時事呢。

第26話　資安攻擊事件

　　禮拜一的清晨，在東海岸的南迴公路上，一輛雪白色的廂型車往南方奔馳，在夏日早早就高掛天空的熱情陽光下，太平洋海面跟雪球一起被照耀得閃閃發亮。

　　在孤單公路上駕駛著雪球的Eason，回想著過去兩日跟孩子的相處，一如往常，玩得開心，難過不捨的結束。一次又一次的重複，要持續到孩子長大，Eason絲毫不感到厭倦，只要想到身為爸爸僅有能付出的關懷與陪伴，Eason就會鼓起全部的心力堅持下去。

　　那怕開車往返台東的遙遠路途，請假日數，拮据狀態下的各種花費。

　　不知不覺中，已經從東海岸開到西海岸。在一家習慣停留的海景便利商店外停車，Eason累了，照慣例在此稍事休息。

　　海浪的拍打，灘地的沙沙聲，Eason閉上眼睛，靜靜的接受大自然的短暫療癒。

　　「登——登——登登登登登——登——」熟悉的手機鈴聲響起。

　　「學長，震度顯示系統的測站幾乎全斷線！我有嘗試檢查過，但還找不出原因。」小天打電話來求救。

　　Eason先深吸一口氣，再緩緩吐息，之後才應答：「先別急，你先用LINE傳即時斷線測站分布圖給我。」

　　看過圖後，Eason開始感到棘手。過去常發生整個縣市全部測站斷線，很容易就能判斷是該縣市教育網路中心的問題；或全部斷線，至少也能逐層檢查、排除正常的部分，鎖定可能出問題的節點。但這次僅剩少數有資料的測站、卻在各縣市隨機分布，

確實是Eason從未處理過的情況。

　　而更麻煩的是，若Eason繼續待在國境之南嘗試遠端協助，返回北部的時間就越來越晚了。

　　「小天，我必須先繼續開車上路了。請你把還有資料的測站列表LINE給我，我邊開車邊想。另外，請你再次更細心的檢查各層，先確認即時資料收錄端是否沒問題。」Eason做出指示。

　　經過多次檢查後，小天依然查不出異狀。當然若Eason在辦公室的話，還可以做出小天目前還沒學會、更詳盡的檢查，只是這樣就得在一整天開車疲累回到租屋處、收拾整理後，深夜再趕回氣象局處理。想到這裡，Eason不免有點力不從心……

　　「學長，你這幾天開車往返應該會很累，就先交給我吧！好歹你也要多信賴一點你帶出來的學弟呀！今晚你就先好好休息吧～」小天難得說出這樣貼心的話。

　　「嗯……好吧，謝謝你！那今天就先交給你處理，麻煩你了！」Eason考慮過後，勉強答應小天的建議。

　　Eason獨自一人處理久了，對於無法到場處理忽然感覺到有點不習慣。不過，或許現在，確實到了該適時把責任分攤給小天的時候了。

　　然而當天，疲憊的Eason就再也沒接到小天的消息了。而手機不斷收到測站斷線自動通知Email的Eason，一夜焦慮難眠。

　　第二天一早，Eason趕緊搭上區間車上班，到達辦公室後立刻找小天一起檢查。確認地震中心收錄端沒問題之後，Eason把矛頭指向**TANet**[註47]，即刻撥打電話——

　　Eason簡短說明緣由後，沒想到對方輕描淡寫回應：「噢，好像這幾天有聽同仁提到氣象局遭到**DDoS攻擊**[註48]的事件……」

　　「咦？這樣的事怎麼沒通知我們呢？」Eason大感不解。

　　「呃……我也只是聽網管同仁說的，你們可以上中華電信網

站看，會貼在公布欄上⋯⋯」對方似乎仍不覺得這件事需特別通報。

　　Eason和小天用電話持續溝通的同時，課長和中心資安主管似乎察覺不對勁，也湊過來了解情況。眾人討論後，資安主管認為這是相當嚴重的資安事件！

　　「你們怎麼會沒在第一時間通報資安事件呢？現在資安法已經通過，要在一小時內向上通報耶！」資安主管對Eason和小天的處理方式提出質疑。

　　小天正猶豫著不知道該怎麼回答，Eason先一步回應：「我們向來的作法是先排除中心收錄端的問題後，才會進一步懷疑是網路架構問題。若我們第一時間就通報資安事件，但結果並不是，那我們不就製造誤報了嗎？」

　　「但現在已經是真正的資安事件了，之後行政院資安處來調查，一定會認為你們這樣的處理有疏失，大家都會被檢討。」資安主管憂慮地說著：「你們還是要調整想法，不論會不會誤報，總是要先通報啊！」

　　Eason心想，這次若不是Eason自行開發的即時測站校驗系統自動發出通報Email，有誰會第一時間處理這個事件呢？或許對TANet人員而言，DDoS攻擊已經頻繁到稀鬆平常，TANet未意識到這次網路頻寬被塞爆的影響層面，才是主因吧？

　　但無謂的爭執無法解決問題，大家還是開始分工合作，由局內資訊中心確認地震資料傳輸路徑中遭到DDoS攻擊、塞爆網路頻寬之後，接著Eason號召人手，把受到影響的地震儀紛紛遠端重新啟動。隨著DDoS攻擊的逐漸平緩，事件才就此落幕。

　　幾天後，Eason、小天、課長、資安主管等相關同仁接到通知，針對這次DDoS攻擊事件，上級單位已委託民間公司進行第三方調查，下午將在氣象局3樓會議室發表事件調查報告。

　　下午，地震中心許多同仁到場聆聽。當聽到報告人員以「瑞

風臨火山

士起司理論」作為比喻時，Eason不免大翻白眼。這種避重就輕、盡量不得罪任何一方的調查報告，有什麼建設性可言呢？

但隨後繼續聽到報告人員提出委由該公司替地震中心規劃解決方案、建立資安防護系統時，Eason突然警覺了起來。

Eason在意的當然不是該民間公司藉由一次次調查報告來收取調查費用、進一步承包資安防護系統的商業手法，說真的，在商言商，若該公司確實嚴守資安專業，專業服務費用本來就該合理支付。

但若民間公司本身背後並不單純呢？Eason突然腦洞大開，想著要是製造這起資安攻擊事件的源頭、跟資安公司的資金來源有某種程度的關聯呢？這樣豈不就是刻意製造出來、依劇本演出的事件？再更進一步地危險想像：若由背景可疑的資安公司承包了政府機關的資安防護系統建置案，祕密在系統內設置木馬監控程式……Eason越想越頭冒冷汗。

不行……Eason告訴自己，毫無根據的幻想是危險的，至少要先收集到部分明確證據，否則只會讓無妄的猜測與不安盤據蔓延。或許是太累了吧！Eason輕撫額頭，告訴自己還是別多想了。

第27話　七月流火

盛夏的七月，台中，大肚山頂。

Eason跟小沂在車內，氣氛很僵。

「Eason你自己說，從我們交往到現在，才約會見面幾次，你忘東忘西多少次了？」小沂不滿地說著。

下午看完電影後的票根，Eason始終找不到。

遺留在小沂車上的手機、滑落車子縫隙找了好久才找到的信用卡、離開台東旅館才想到忘了帶走手機充電器而專程折返……或許對小沂來說，很難理解為何這些糗事會發生在心思細膩的同一個人身上。

Eason當然每一次都意識到了，也一次次不斷自我要求、要更加小心。

如同Eason讓小沂高度讚美的開車技術一樣，多年來全台跑透透的駕駛經驗，Eason練就出兼顧四面八方的人體雷達，各種路況都能經驗豐富嫻熟應付的技術，甚至細膩到小沂都注意不到、讓乘客搭乘更加舒適的各種小細節——只是一旦陷入疲勞駕駛狀態，持續強制維持的專注力終究會讓疲勞加倍累積，再好的開車技術都會面臨潛藏的危機。

Eason都明白，也都說不出口。

「對不起……」Eason向小沂誠心道歉：「我不會為自己的錯辯駁，我會更加小心的，請妳相信我。」

「你要我怎麼相信你？每一次你都這樣說！」小沂繼續表達不滿：「還有，今天白天你明明看到一個停車位，卻在錯過之後才跟我說，你為什麼當下不立刻說？我不懂你的考量。」

「抱歉……那時路上交通混亂，我的腦袋也有點混亂了。妳

是對的，我當下就該說清楚的。」

　　Eason實在不願意輕易把「我累了」這三個字說出口。畢竟若每次都只能這麼說，對改善兩人的互動沒有任何實質幫助。此外，Eason也顧慮著小沂回台中後在工作上與家庭中的各種心煩事務與壓力，知道小沂某種程度上也需要情緒宣洩的出口，因此更希望自己能包容小沂。

　　當然Eason一向都認為，自己終究只是心力有限的平凡人而已。或許追根究柢，以Eason疲憊的身心狀態，投入感情本來就是一股衝動。但Eason真心在乎美好的小沂，因此總是一再嘗試努力、榨取自身最後僅有的心力。

　　這一切考量，都像是在駱駝背上添加一根又一根的稻草。

　　兩隻都想為對方付出、燃燒自我的駱駝，或許都太沉重。

　　「……」小沂臉色不好看的沉默了一陣子，之後才開口：「我知道你很累，我也有點容易生氣，但我們不是說好對彼此都要坦承嗎？Eason你可不可以直接一點，不要想那麼多……」

　　「嗯，小沂，我答應妳。」

　　Eason不自覺地摸摸自己的鼻子，不知道有沒有變長。

　　「那……你開車到這裡做什麼呢？」小沂決定換個話題。

　　「今晚夜空澄清，我想找妳一起看星星。」

　　Eason把車開到停車場，帶著小沂走到視野開闊處，望向南方夜空。

　　「小沂，有看到前面那幾顆星星、連起來像鉤子一樣的形狀嗎？」Eason一邊用手指在夜空畫著弧線：「那就是天蠍座。」

　　「……天蠍座原來這麼大啊……」小沂略為驚呼著。

　　「是呀……」Eason想到前陣子才開始涉入、必須隱瞞著小沂的機密組織SCORPII，不知是基於什麼理由而取那樣的代號？或許下周跟副主任出席祕密會議時，再私下打聽吧。Eason繼續比劃著：「有看到這個大勾勾裡面最亮的那一顆星星嗎？那顆星叫

做心宿二，是天蠍座最亮的星星，也是天蠍的心臟喔～」

「啊……那顆星紅紅的，還一閃一閃的，真像是心臟跳動一樣呢……」小沂逐漸看入迷了。

「對唷，那是一顆紅巨星，比我們的太陽大非常多喔！雖然說一閃一閃是大氣擾動造成的……」Eason繼續介紹著：「中國商周時期的古人其實也很早就發現了這顆又紅又亮的星星，還給了一個稱呼『大火』呢～」

「古人想到的是火紅的火呀……會不會跟天氣熱有關？」小沂好奇猜測著。

「小沂妳真的很聰明！對北半球的人們來說，火紅的心宿二總是在夏天現身，就被當成是天氣變熱的指標囉～」Eason很開心的繼續說著：「對了，小沂有聽過一個《詩經》的典故『七月流火』嗎？」

「沒有耶，那是什麼意思？」

「一樣跟天氣有關喔。意思就是說，當看到『大火』同一時間出現的位置越來越靠近西邊落下時，就代表最熱的天氣已過，之後要逐漸轉涼囉～」Eason越說越起勁：「所以呀，《詩經》那句『七月流火』，後面接的句子是『九月授衣』，就是說七月流火後可以開始織衣服，九月才有冬衣可以穿喔……」

此時，突然吹來一陣微涼的東風。雖然大肚山頂經常風大，但這風也未免來得太巧。

「Eason你會不會太厲害！連這陣風都在你預料之中嗎？」小沂被Eason介紹的故事和夏日舒爽的涼風給逗樂了。

「哎呀……可惜我沒有趁機跟《三國演義》的諸葛亮學一下借東風的架式，擺設神壇、做個法會…」Eason也笑笑的自我解嘲。

「Eason，你不用作法，我早就很佩服你了。」小沂甜美的微笑著，眼神帶著一點迷濛。

在Eason眼中，真是風情萬種的魅力與誘惑。

「小沂……」

「那～九月我也會為你『授衣』喔。」小沂依偎在Eason懷中，甜蜜的訴說著：「現在……」

Eason溫柔的貼上小沂嫣紅的雙唇，深情地擁吻。

Eason原本還準備了「熒惑守心」的故事，但現在星光好氣氛佳，就別破壞氣氛了，改天再說吧。

突然間，Eason微微聽見來自北方的沉悶聲響，又不太像打雷。Eason不免猜想，緊張兮兮的SCORPII大概又要交辦新工作了。但在此當下，Eason只想切斷與外界一切連繫，沉浸在跟小沂相處的美好時刻……

第28話　NEO近地天體

Dear Eason,

主旨：請查明7月18日「台灣北部上空神祕巨響」事件的確切位置，並分析研判可能原因。

說明：

一、據報載，新北市淡水區、八里區、林口區及桃園市龜山區等地民眾，於台灣時間7月18日晚上9點多皆聽到三起劇烈爆炸聲響（新聞內容如附件1），感受類似地震或爆炸。各地消防單位事後巡查，未發現任何異狀。

二、本局已向軍方查證，並未偵測到鄰近國家火箭或導彈試射之情報。然為求謹慎，仍需再行多方詳查，以供情報部門進行進一步研判，亦俾利於安撫民心。

擬辦：限48小時內回覆分析報告。

Best Regard,

SCORPII

　　才剛回到工作崗位的Eason，馬上就收到SCORPII交辦的新工作。晚上9點多？Eason歪頭一想，不就是跟小沂看星星那時候嗎？那還真是強烈的爆炸聲響啊，連台中都能微微聽到。挑選幾個北台灣一帶、比較靈敏的寬頻地震儀資料，或許真的能找到震動訊號。

　　但Eason又想起，記得之前有看過**鋪路爪長程預警雷達**[(註49)]已經設立的新聞，如果連軍方的長程預警雷達都沒偵測到，對空中的訊號源，地震儀再怎麼靈敏都比不上高頻的雷達，為何……

欸？Eason忽然想到，該不會這次爆炸的區域……正好位於長程預警雷達的偵測範圍外？Eason不方便再多想，先做自己分內事吧。

不過，空氣中聲波的速度比地震波慢多了，這也是為何地鳴通常難以被當作地震前兆的原因，但許多人在地震前曾聽過地鳴也是不爭的事實，因此仍然是值得一探究竟的研究方向。

然而，既有的地震定位程式無法採用聲波的速度構造來定位，於是Eason撈出自己博士班時期撰寫的計算程式，略加修改後即可適用。

實際開始尋找異常震動訊號時，Eason意外發現可用的測站相當少，後來才想到連最簡易的測站都有FRP外殼包覆著，聲波的震動再怎麼強烈，都會被層層擋住衰減掉。因此，最後只能採用有限的到時資料，勉強計算出三起爆炸的位置依序發生在林口、八里、淡水上空約10~15公里處。

這大致上由南往北、逐漸降低高度、又依序爆炸的軌跡，雖說謹慎起見還不能完全排除軍事武器的可能性，但Eason初步猜想，更可能是類似火流星的NEO[註50]——近地天體？

Eason，明天我會上台北一趟，晚上跟B兄一起吃個飯？

好友老何的訊息來的正是時候！Eason微笑著，一邊回應訊息，一邊結束手上工作，等明晚跟天文專家討教後再繼續吧。

第二天，Eason下班後，直接步行到台北車站，在大廳廣場找個格子席地而坐，等待兩位大學同班兼天文社夥伴的好友。

說來有趣，或許是受到國高中時期天文學總被歸為地球科學課程一部分的影響，在升大學選填志願時，一般對天文有興趣的高中生很容易會選擇地球科學系。結果直到入學就讀後，才發現地科系根本沒教天文！包含Eason擔任天文社幹部時期的天文社社

長番茄、以及將要一起聚餐的老何和B兄,都只好在大學畢業後才轉考天文物理研究所。

而如今,再轉行做科學史研究的老何已經在對岸大學任職副教授,仍在天文界奮鬥的B兄也在對岸另一所大學擔任博士後研究員。對於仍能繼續在學術界努力的兩位好友,Eason多少是既羨慕又佩服的,畢竟那不是一條好走的路。幾年前好友們正丟出雪片般的求職信、發現只有對岸回應提供職缺時,Eason也勸他們有機會就去嘗試。Eason當然不會相信「學術歸學術、政治歸政治」這種傻話,而是認為學術工作者本來就要具備到世界各地都能做研究的能力。至於政治敏感度,就只能各憑本事啦。

「嘿!B兄,還跟**Pan-STARRS團隊**[註51]有合作嗎?有個問題想請教你一下。」Eason主動挑起話題。

「我還在啊,安怎?」

「那你能查到最近幾天在台灣北部上空有沒有NEO的資料嗎?」老朋友不用客套,Eason開門見山直說了:「前幾天新聞說林口、八里、淡水一帶有感受到類似地震或爆炸的劇烈震動和巨大聲響,但我看地震資料沒有地震訊號,所以想問問看是不是有NEO在那邊上空爆炸的可能性?」

「是有可能……但也要看NEO的體積大小喔,像是2008年在北非沙漠上空爆炸的那顆NEO,直徑大概4公尺吧?在爆炸前20小時才被發現。」B兄一如往常的熱心解說著。

「照你描述的影響範圍,假設前幾天那顆真的是NEO,很可能體積更小,再加上台灣北部的光害影響,就更難被我們的巡天系統發現囉……不過沒關係,我現在就幫你查看看。」B兄拿出背包內的筆電,直接開始查詢。

「太感謝了!」Eason真心感謝自己的好友,卻又轉而略顯失落:「哎……不好意思我無法說這杯咖啡給我請的話……而且反而我還被你們請了一杯咖啡……」

「沒關係的，Eason，我們都知道你的困難處境。」老何溫和的說著。

「就是啊！都認識這麼多年了，不用見外啦！下次再找你到我家品嘗手沖冰滴咖啡。」熱愛咖啡的B兄也安慰著Eason。

三人就在咖啡店內靠落地窗的座位上，繼續閒聊彼此近況。

「嗯？你們看下面大廳廣場那邊，有幾個黑衣警察耶？難道車站內有什麼嫌犯嗎？」老何突然注意到。

「是耶……沙沙……不知道他們在做什麼……沙沙……」

三名黑衣警察的監聽耳機中，持續傳來三個男人的即時對話內容。

「沙沙……嘿……Eason我查到了……沙沙沙……真的有一顆很小的NEO在你說的地方消失了……沙沙……你的猜想很可能是對的唷……」

直到監聽對象結束對話，黑衣警察們才取下監聽耳機，收拾錄音設備，走向咖啡店，回收竊聽器。

第29話　大海的另一端

　　「好了，待會要參加的情治信息交流會議，最後再次確認你們要報告的情資吧。」一名中年男性地震學者，帶著四名較年輕的博士後研究員，圍繞著一張長桌，正謹慎的模擬推演。

　　「好的。」第一位報告的高大男性以獨特的北方腔調說著：「首先，台灣方面的收買的情報員，目前已順利在地震測報機構建立情報網，開始收集情資，並陸續傳回調查及分析報告。分析報告較為簡略，或許後續的檢討方向為給予更詳細的指示。」

　　「很好，持續保持密切聯繫。為了避免台灣方面情治單位發覺，勿操之過急，保持低調進行即可。」中年學者做出指示：「那麼李研究員呢？」

　　「是的。我這邊製造的南海爆炸案事件，做為偽信息測試，被破解的速度有點比預期還早。後續的檢討方向為準備數量眾多的偽信息，在時局變化之際一口氣大量投入，令台灣方面短時間內難以全部破解，部分偽信息仍可達到混亂的效果，亦可讓台灣方面相關技術人員疲於應付。」負責信息工作的李研究員說道：「另外，同樣由我這邊委託資訊人員製造的DDoS網路攻擊，倒是獲得了意料之外的收穫，令台灣方面地震測報機構的一套即時展示系統資料嚴重異常，耗費多日才解決。顯見台灣方面的公職資訊機構與地震測報機構的橫向聯繫不佳，進而輕忽此類網路攻擊的影響層面。」

　　「資訊公司方面呢？」中年學者追問。

「沒問題。該公司的主要資金來源早已轉移至新加坡，應不會被台灣方面查出我國的資金流向。該公司目前正與台灣方面多個公務機構建立良好關係，未來應有機會承包幾個資安防護軟件建置案。」

「很好，若能承包台灣方面地震測報及氣象預報機構的資安軟件建置案就更好了，這是上級目前關注的重點方向。」中年學者語重心長的表示：「地震局為此已經祕密籌備計畫多年了，也正因這個計畫，各位才能獲得充裕的研究經費，總要謹慎以對。雖然機密計畫只有在國際局勢重大變化之時，上級命令下來後才會啟動，但養兵千日用在一時，我們隨時都要做好事前準備。」

「是的老師！」每一位年輕研究人員都異口同聲的回答。

「那麼，花研究員的地震台站監測現況呢？」中年學者繼續點名。

花園打開筆電，邊展示投影片內容、邊說著：「根據目前能收集到的監測資料，台灣方面的火山地區地震活動已經恢復平靜。而一般構造地震活動方面，整體來說有較為安靜的趨勢。不過，空間分布上，台灣方面好發地震的構造，無論是地震個數或釋放能量的各項指標都與背景值相去不遠，因此，下一場大地震的位置，很可能是過去較少發生地震的構造……」

「非常好！花研究員的監測與分析工作，無論在學術上或機密決策上都相當重要，請繼續保持。」中年學者不吝給予讚賞。

「那麼，情治信息交流會議的會前會到此結束。謝謝各位的努力，待會會場見。」

短暫休息的年輕研究員們，有的趁機閉目養神，有的忙著喝咖啡。而剛才唯一沒有報告的研究員黃鈺，把花園拉到角落低聲交談。

「好姊妹，我看到慕容研究員的策反情報員分析報告上，有個署名的是Eason……是我們之前跟老師去台灣訪問研究時，同研究室的那位Eason嗎？」黃鈺略顯神色不安的詢問。

「很可能是他，畢竟能做到這些事的人並不多。不過那畢竟是慕容研究員的工作內容，我也不好問太多。」花園回答。

「這樣啊……還是覺得有點不敢置信，畢竟那時認識的他，不像是會接受情報任務的人才對……」黃鈺仍然有點無法相信。

「時移勢易，幾年過去了，人事物或多或少都會改變。就像妳我現在所做的工作，幾年前又怎會想像得到呢？或許我們終究只能跟著老師的計畫，隨波逐流。」花園語氣平靜地啜了一口咖啡，隨後突然靈光一閃：「嗯？還是說……妳對Eason懷有特殊的感情？」

「欸！妳壞死了～」黃鈺用力拍了花園一下：「我只是覺得Eason那時是個對學術工作很有想法、自由奔放的人，有自己的獨特政治見解、又很溫和包容理解彼此的差異，覺得他很特別而已。而且，那時他已經有交往多年的穩定女友了，我才沒想那麼多呢～」

「我們離開的時候妳還有送他禮物，我可是知道的喔。」花園繼續逗著黃鈺。

「吼呦～那是禮貌好嗎？」黃鈺又一次被花園鬧到無言了。

「呵呵……好啦，不鬧妳玩兒了。話說，為什麼妳今天不用報告啊？」花園不解地問著。

「呃……因為……我的研究成果還不行……」黃鈺越說越小聲。

「……」這下換花園無言了：「妳啊，要加油一點喔。之後不是還要去JpGU（註52）報告嗎？」

「我會努力的……」黃鈺突然眼神變得有點閃爍。

情治信息交流會議進行到最後，輪到軍方代表發表報告。

「首先，地震局委託的科研鑽掘項目，已於本年度抵達預定深度。」一名少校聯絡官正展示著投影片，仔細解釋著。

　　「另外，本年度的實彈演習已經充分驗證，一旦上級有令，本軍區將能在48小時內祕密完成有限度的集結，搭配與地震局合作之項目、李研究員所規劃之偽信息及網路攻擊，做好奪島作戰的周全準備！」

第30話　LANL的來訪

台北，中央氣象局地震測報中心。

副主任帶著大批外國人，從地震走廊走進大辦公室，環繞著電視牆，邊走邊解說著地震測報中心的即時地震資料收錄系統、EEW、速報發布系統、震度顯示系統、自動震源機制解系統……的發展現況。資安主管、地震監測課課長、大毅、Eason等人隨侍在側，協助解答參訪外賓的提問。

待參訪行程結束後，副主任引導外賓前往地下室國際會議廳入座。Eason返回座位，把待會要報告的PPT存入計畫專用USB後，也趕緊快步奔往國際會議廳。

與鎮守門口的國安特勤人員擦身而過。

「沒攔下我？難道是會議名牌暗藏辨識晶片？」Eason匆匆一瞥，既然沒被攔阻，就趕緊入座。

此時，站在講台上主持會議開場的，是Eason研究所時期就熟識的L老師，在此場合的身分則是SCORPII的副主管，看來主管應該是非地科界的國安背景軍職官員了。

L老師正以英文致詞，歡迎以美國洛斯阿拉莫斯國家實驗室LANL（註53）為首的各國機密訊號分析組織代表。出席代表包括加拿大地質調查所K老師、日本Leoquios公司、韓國KAT Village公司、新加坡南洋理工大學地球觀測研究所EOS、印度國防研究發展組織DRDO爆炸偵測組、澳洲核子科技組織ANSTO、紐西蘭的地質及核子科學研究所GNS，以及負責提供紐澳日資料、位於奧地利維也納的《全面禁止核試驗條約》組織CTBTO等。

Eason這時才恍然大悟，之前韓國團隊來地震中心交流EEW原來背後還有隱藏目的。而以出席國家分布來看，基本上與近年

來美國政界提倡的「**印太戰略**^{（註54）}」一致，LANL在統合各國機密組織的主導地位是毫無疑問的事。因此，讓Eason深感憂慮的是，這或許暗示著雙邊對抗的逐步升級，已經到了風險越來越高的程度。身處這整個架構下的Eason，開始意識到自己提供的分析情報已經升高到國際層級，甚至有可能成為雙邊情報人員的競逐資料，不禁又一次頭冒冷汗。

接下來輪到LANL主任致詞，Eason才得知原來最早分析出Kursk號核子潛艇爆炸事件的機構，正是LANL。無怪乎Eason之前找到的參考文獻，總是跟LANL有關。

再來，就輪到Eason報告了。

「Today, I'll represent CWB to give a short talk about recent two events in Taiwan⋯」

「L老師，這位年輕人就是最近加入的新成員？」在台下始終未發一語的SCORPII主管，開始跟身旁的L老師交頭接耳。

「是的。您看他的報告，應該算得上是即戰力吧？」L老師過去對Eason總是不吝給予支持，這次也不例外。

「確實有即戰力的水準。」面容方正肅穆、在國安局從事情報工作多年的SCORPII主管，繼續低聲交談：「但據說他有點經濟上的困難？」

「就我所知，確實有此情況。但他倒也沒因此怨天尤人或性情不穩定的情況，這方面的考核應該沒問題吧？」L老師似乎意識到SCORPII主管有言外之意。

「確實沒問題，也算是性格堅強的人。甚至他的分析報告讓我感覺到，他對政治和軍事領域都有一些sense。綜合來說，是個相當少見的特殊人才了。只是⋯⋯」

「只是？」L老師不解。

「L老師，您非情報圈內人，姑且聽我跟您分享一些倚老賣老的經歷吧。」SCORPII主管娓娓道來：「一直以來，兩岸間的

間諜往來頻繁，最容易在情報上取得重大進展的方式，就是直接吸收對方現役或退役人員。您應該也曾看新聞報導過吧？」

「看過。」L老師耐住性子，想聽SCORPII主管完整講完後再有條理地回應。

「那些被吸收、持續洩密我方情報的人員，歸納起來，大致上都不外乎一個共同的因素。您知道是什麼因素嗎？」

「錢。」L老師不想跟著拐彎抹角，直接回答。

「是啊……您說的沒錯。」SCORPII主管輕嘆口氣說著：「這些年來，我遇見過許多優秀的人才，遇到過不去的難關，最終還是在兩難的天平上，倒向錢多的一方。某方面來說，跟我們的邦交國還挺像的。」

「欸……老大，雖然我不是情報圈的人，但恕我直言，就跟做科學研究一樣，懷疑也需要證據支持才行。」L老師有點按耐不住了。

「L老師，您放心，懷疑歸懷疑，『讓證據說話』這點專業素養我還是有的。」SCORPII主管帶起皺紋的微笑，在會議室略暗燈光下，更顯線條的刻劃滄桑。

「我只是善意的提醒。畢竟，人有時候總難免對熟悉的人失去戒心。」SCORPII主管恢復肅穆的表情：「而在情報圈，一旦失去戒心，有時就等同於失去生命。所以，請原諒我，比起相信人性，我更寧願相信收集來的情報與證據。」

「因此，做個假設……如果像Eason這樣的即戰力，也為對方工作——換句話說，就是雙面諜——您覺得接下來事情會如何發展？」

「L老師，您知道Eason正在跟兩名在對岸工作的研究學者密切往來、接受請客、甚至已經開始透露SCORPII部分機密了嗎？」SCORPII主管說出了讓L老師驚訝不已的話。

「LANL今天大陣仗帶人來到這裡，他們也在做著跟我一樣

的評估。特別是，在印太同盟正逐漸加深往來、跟對手的對峙逐漸升溫的這種時刻，任何一點組織內的風險，都必須要盡早被發現並拔除。」SCORPII主管語重心長地說著：「美國境內不斷傳出逮捕洩密科學家的事件，其實也正是在做著一樣的事。」

　　交談至此，L老師只能沉默無語。

　　「讓我們一起祈禱吧！祈禱我對Eason的懷疑是錯的，祈禱我國在兩大勢力交鋒的烽火前線、依然能在夾縫中求得生存空間！」SCORPII主管為這段對話，畫下句點。

第31話　風雨欲來

「中度颱風白海豚，現在位置在宜蘭東方約250公里的海面上，7級風暴風半徑250公里，10級風暴風半徑100公里，以每小時20公里的速度向西北西前進。其暴風圈正逐漸進入台灣東半部陸地，對台灣各地將構成威脅，各地風雨將逐漸增強。預計此颱風未來強度有增強且暴風圈有擴大的趨勢。」

「豪雨特報：今晚至明日全臺各地有豪雨或大豪雨，尤其宜蘭、花蓮、基隆、台北、新北、桃園、新竹地區及西半部山區有局部大豪雨或超大豪雨發生的機率，請注意坍方、落石、土石流及山洪暴發，適逢大潮期間，沿海低窪地區請慎防淹水。……」

地震測報中心大辦公室的電視牆上，新聞正播報著颱風動態消息——雖然說，走出辦公室幾步路，在入口大廳處也會看到一樣的畫面。

「嘿，Eason還沒回去？今晚要留在這裡？」看到拎著洗澡用具走回辦公室的Eason，今晚值夜班的友諒好奇問著。

「哈，我會回去啦，再不回去就沒衣服可換了。我只是想避開下班人潮，晚點再去搭車。」Eason笑著回應。

「是喔，真可惜，晚上有你在會比較安心啊～」

「哈……不好意思啦……」Eason有點尷尬的笑了笑：「不過今晚真的要多小心一點囉，這個颱風看來會直撲北部，結構紮實、水氣豐沛，如果山區測站資料開始中斷，要提早一點回報喔。印象中2016年有次颱風在南部滯留比較久，南部山區許多測站資料中斷，對EEW和速報系統的地震定位都影響很大。」

「OK。但回報後怎麼處理？」

「就EEW和速報系統使用的即時測站來說，先聯絡中華電信吧！颱風造成的影響通常是電力或網路中斷，當然他們不見得能即時維修，但至少要給他們適度的壓力。」Eason以自身經驗給予建議：「而依靠學校網路和電力的震度顯示系統測站就沒辦法了，學校老師不可能颱風天幫忙處理。當初建置前我早就提過這方面的缺點，但現在既然都建置完成，也只能承受風險了。」

「好，我明白了。」

友諒是比Eason晚一年考進地震中心的同仁。雖然已經是40幾歲、毛髮漸疏的瘦高中年人，但年資尚淺，身體狀況也還OK，仍然必須跟非主管同仁一起輪流值夜班。

比較特別的是，友諒是地震中心極少數非地球科學背景出身的同仁。普考地震測報的考試科目中，專業科目如基礎地震學、觀測地震學、地球物理學、地球物理數學，因為實在太冷門了，市面上一般很難找到參考書。在這種情況下，友諒還能努力收集資料、報考多年終於考上，這種精神讓Eason也相當佩服。

而Eason跟友諒更是地震中心唯二從新竹往返台北的長途通勤上班族！雖說友諒是老早就在新竹成家立業，為了不讓家人生活異動，才選擇獨自一人通勤。而友諒的小女兒跟Eason的孩子年紀相仿，又都很願意花時間陪伴孩子，所以兩人在茶水間碰面不時就會聊孩子的事。

另外，友諒跟Eason大概也是地震中心中值班時容易遇到顯著地震的前幾名「好手氣」，長期觀察的駐點工程師也會開玩笑說這是吸引地震的神祕體質。對Eason來說各種狀況大致都能應付自如、頂多是比較睡眠不足，但對友諒來說就難免有點吃力了。特別在這風雨欲來的夜晚，Eason只希望能平安度過。

「叮咚！」

深夜，正在搭乘區間車、閉眼休息的Eason，被LINE的通知聲響喚醒。打開一看，原來是因應氣象局公布的最新版各縣市風雨預報，行政院人事總處已經宣布隔天台北市、新北市、基隆市、宜蘭縣、桃園市、新竹縣市因颱風停止上班上課的消息，地震中心LINE群組通知，啟動颱風假緊急應變值班表。

列車窗外燈光模糊，風雨逐漸轉強。

疲憊回到租屋處的Eason，跟小沂聊完電話後，隨即倒在床上，沉沉睡去。小沂可能難以想像，Eason光是聽到小沂的聲音，就感覺到被安撫了。但若是吵架，Eason內心的鬱悶也是等比例的放大。在這風雨交加的夜晚，Eason內心只渴求著安穩的避風港。

「白海豚轉彎！中度颱風白海豚昨挾狂風暴雨直衝台灣，在台灣東北部登陸後，太平洋高壓向東退縮，颱風缺乏導引氣流滯留打轉，影響時間拉長。受豪雨影響山區恐爆發土石流，翡翠水庫、石門水庫已開始實施洩洪，員山子分洪道也已經開始自動宣洩……」

難得可以睡到飽的Eason，一整天除了休息之外，就是持續關注颱風動態。受到颱風影響，鐵公路各種大眾運輸全部停擺，前夜值完班的友諒無車可搭回家，而原本預計今晚值夜班的同仁也無法搭車前往氣象局，只有日班的值班同仁自行開車勉強抵達。主管們在地震中心LINE群組協調後，請友諒白天多休息、晚上再值一次夜班。

而Eason的手機，也開始收到震度顯示系統測站斷線數量增加的自動通知Email。當然，這時候還無法立即判斷是學校自行關閉電源，還是受到災害影響……

此時，看著氣象局網站上雷達回波圖(註55)和風場預報動態圖(註56)的Eason，注意到一個潛藏的危機：下了一整天的豪雨，淡水河上游各支流帶來的水量差不多要抵達下游了；而滯留打轉

的颱風在台灣西北部不斷吹著西北風，且逐漸到達漲潮的時間，整個淡水河下游恐怕會出現排水困難的狀況了。雖然有員山仔分洪道減輕基隆河上游帶來的負擔，但大漢溪、新店溪方向依然大水滾滾而來。此時Eason不由得想起之前閱讀過的《康熙台北湖》，淡水河下游的狀況，不容樂觀啊……。

第32話　台北湖再臨

　　窗外風雨呼嘯一整天，網路上網友也吵成一片。由於氣象局預估颱風隔天上午才會逐漸離開台灣上空，風雨預報也處於剛剛好低於停班停課標準的強度，各縣市首長都遲遲無法決定是否自行宣布。

　　對Eason來說，把是否停班停課的決定全壓在氣象局的風雨預報，本身就是一種推卸責任。科技上的預估數值本身就帶有一定程度的誤差，而颱風動態又會隨著各種最新氣象觀測數值不斷修正，硬要在前一夜就決定是否停班停課，就必然要接受合理的預估誤差。若宣布放颱風假、風雨卻不如預期，地方首長還大呼對不起國家民族，這種一昧追求精準無誤、忽視大自然蝴蝶效應的態度，連帶使得氣象預報決策也不得不適度加入一些政治層面考量，真是一整個亂七八糟。

　　更何況，各地的淹水消息才正開始逐漸傳出。以資訊傳遞的延遲效應來說，災情可能才正要開始浮上檯面。

　　無論如何，日常長途通勤一大早就要搭區間車的Eason，決定無視紛擾，先去睡覺。

　　才剛躺下、還沒睡著的Eason，突然感覺到一股大約來自東北方的輕中度搖晃。等等……東北方？如果是地震波的話……感覺異樣的Eason，左手伸手拿手機，右手開始抓住棉被，正準備一看究竟時……

　　「嘟──嘟──嘟──嘟──」

　　手機突然響起PWS國家級警報的強烈聲響！

　　意識到大事不妙的Eason，左手迅速拿起手機，除了警報訊

息之外，還看到強震即時警報APP的預估震央在大屯火山！新竹預估震度5強！此時S波抵達倒數計時：

3——2——1——

「碰！」

「轟隆隆隆隆……喀啦喀啦喀啦……」

Eason第一時間迅速裹起棉被、往左翻身、直接滾到床下！劇烈的搖晃，Eason緊抓著床框。置物架上的書本、吹風機、鍋碗瓢盆……紛紛摔落地上，房間的門窗持續喀啦喀啦作響，直到地震波搖完後，Eason才起身收拾物品。

但Eason快速收拾的是外出隨身重要物品。

Eason初步判斷，如果是一般構造型地震，以台北地區一帶的發震構造來說，後續應該只剩餘震了。但震央在大屯山區，若是火山爆發引起的地震，後續還會不會有更大的地震，就很難說了。保險起見，Eason還是先撤出建築物外。

不過Eason也滿腦子疑惑，以新竹預估震度5強，台北地區6強甚至7級都不奇怪，恐怕是規模至少7.0以上的極淺層地震了！然而以大屯火山的岩漿庫規模，是否真的能引起規模這麼大的地震？再加上近期完全沒聽說TVO有監測到異常的火山活動前兆呀？嗯……看一下震源機制解海灘球，就能分辨了吧。於是Eason拿起手機，怪了，為何沒收到AFM系統的自動Email報告？

另外，理論上這種大規模的地震，地震中心LINE群組應該早就一堆訊息頻繁「叮叮叮」了，這次怎麼異常的安靜？

Eason嘗試打電話到地震中心總機，也沒打通。不像是忙線中，而是直接無法接通。

雖然身邊有一些同樣因地震而外出避難的房客，但Eason環顧四周，感覺到的卻是不尋常的異樣安靜氛圍。

「對了！中研院地球所RMT監測系統！」Eason突然想到另一個可以查詢自動震源機制解的管道，雖然也嚇到身邊的陌生

人。於是Eason拿起手機查詢，網頁重新載入多次後，才終於看到RMT結果：是典型的正斷層型態海灘球。

那不就是……山腳斷層錯動？

Eason嘗試連線登入PTT，想看看網友回報災情的貼文，卻只得到不斷的登入失敗結果。再打開FaceBook，才看到許多住在台北地區親朋好友的地震受災及報平安貼文。

但再仔細觀察，貼文的地點多在台北市南港區、內湖區、新北市汐止區、淡水區、林口區等地。讓Eason感到奇怪的是，台北市中心和新北市靠近斷層帶的地區，照理說災情應該更為嚴重才對，卻沒太多消息。

但Eason並不認為現代的鋼筋混凝土建築，有脆弱到一場大地震就大範圍嚴重損毀。Eason根據目前得到的資訊，猜測更可能是……受災嚴重地區的電力及網路大規模中斷？

「登——登——登登登登登——登——」Eason的手機此時終於響了起來！

「喂～您好……」

「是Eason嗎？這裡是駐點工程師！」電話的另一端，傳來Eason熟悉的聲音：「我現在是用衛星電話打出來的！現在地震中心對外電話、網路全部斷掉了！也停水停電了！現在是靠備援發電機撐著中心機房的基本運作，但也撐不了多久了！」

「好，謝謝你通知我。請先冷靜一點，我想問一下，待命主管、監測課課長和主任等人通知了嗎？他們有什麼指示嗎？」

「他們目前都連絡不上！友諒持續聯絡中……」

「好的，我明白了。那麼……中心現在的人員、設備和資料都還好嗎？」Eason繼續追問。

「友諒在值班寢室被地震搖晃撞到床框有點受傷，包紮後沒大礙。機房跟辦公室設備都巡過了，除了大量掉落物之外都還可以運作。EEW跟發布主機都還正常，就是無法對外發送資訊，地

震資料也全斷了⋯⋯」

「另外，電氣室剛剛通知，等一下就要停止供電了。」

「咦？我印象中備援電力至少可以撐幾個小時的⋯⋯不是嗎？」Eason感到不解。

「因為⋯⋯現在分配電力都要用在抽水機了！地下室嚴重淹水！外面都已經淹成一片大湖了！」

第33話　備援機制

　　半夜的高速公路上，一片漆黑。

　　雖然沒獲得任何指示，Eason決定依現況做出自己的判斷。地震中心大多數同仁住在台北地區，可能都已經淪為災區，就算沒有面臨傷亡或建物損毀情況，交通上也會遭遇相當大的困難，只有居住桃園以南的少數同仁有移動的可能性。而另一位住在新竹的同仁友諒此時正困在地震中心內，也身負著值班重任，所以Eason決定參照過去多次演練的SOP，自行開車前往台南的南區氣象中心，獨自啟動南區異地備援機制。

　　Eason一邊開車，一邊打開廣播。在颱風仍風強雨驟、上游洪泛抵達、正逢大潮時刻、又突發強烈地震的多重夾擊下，台北盆地淪為台北湖！各地的慘重災情陸續傳出，當然也包括著大量尚未查證就基於善意而廣泛傳播的聳動資訊，如死傷上百萬人、還會有更大的地震、火山即將爆發……等。Eason回憶起1999年921地震發生的那晚，還是高中生的Eason與家人忐忑不安地躲在桌子底下、聽著廣播傳來的各式恐怖消息；這麼多年過去了，情況依舊沒太大改變。

　　各地駐紮的國軍，已經動作迅速的投入災區，以重機具協助消防單位救災，並建立管制區域。一如Eason所料，交通早已亂成一片。

　　而原本主要目的為提供防災單位在災害地震發生後最即時震度分布的鄉鎮市區震度顯示系統，因為網路的中斷，完全發揮不了作用……。

　　對於持續不斷的大小餘震、call in民眾的情緒爆發，廣播主持

人除了呼籲民眾冷靜之外，對於氣象局始終無法提供關於地震和火山進一步消息的異常狀況，也相當無奈。聽到這裡，Eason不禁再加重踩下油門，加快速度衝向台南。

Eason回想起過去曾跟長官多次建議、都被打槍的地震中心異地上班備援機制，如今只能長長的嘆息。氣象預報的業務已經由南區氣象中心人員接手、啟動備援機制；而地震中心同仁過去雖然曾經在南區氣象中心建立備援地震發布系統，但南區氣象同仁不熟悉操作，對於南區備援地震資料的架構與狀況都一竅不通，仍然需要地震中心人員遠赴台南接手。

Eason當然並非想表示自己多麼有先見之明，相反的，Eason知道長官們都明白異地備援的重要性，但就是無法克服組織架構上的困難。

不幸的是，地震從來都不會等待人們準備好才來臨。

該來的，遲早都會來。

凌晨3點，一路上都沒停留的Eason，抵達南區氣象中心。

「我是地震中心的Eason，要來啟動南區地震備援機制，請盡快讓我把車停進去！」

「呃……好的，辛苦您這樣半夜跑過來，我來開門！」門口的值班人員說著：「不過……你們好像已經有一位同仁先抵達了……好像叫什麼天的……」

「小天？」

「對，他好像就是自稱小天，他已經進去了。」

Eason略為吃了一驚，明明原本沒有地震的話，隔天還要繼續上班才對，也沒聽小天說要請假，怎麼會……？但此時Eason無法想太多，還是先把重心放在啟動南區的地震異地備援機制工作上。

Eason停好車後，趕緊先跑到南區的地震發布主機所在辦公室，卻發現小天不在那邊。Eason先跟在場的南區氣象同仁快速指

導後，再跑去南區氣象中心的機房，準備把南區的EEW系統啟動對外發布機制，這時才發現小天窩在機房內。

「小天你怎麼窩在這裡？」

「呃⋯⋯學長你來啦！我是想把EEW系統啟動對外發布，但我可能還是不太熟，還沒弄好⋯⋯」小天不好意思地搔搔頭。

「欸⋯⋯你好歹可以打電話問大毅、小明或我，在現在這種緊急的時刻，別一個人悶著頭處理呀！」Eason對小天的舉動不太能理解，又想說或許是「天天」的老症頭又犯了吧。

「這樣好了，我看南區氣象同仁的發布操作還很不熟，你現在先去發布台那邊發布地震！依照時間順序，先從前面漏掉、有到達編號標準的顯著地震盡快發布！同時再跟南區同仁加強訓練。另外也請你幫一個忙，盡快聯絡長官，請他們至少派1個主管和3到5個同仁過來南區！我來編組地震人員輪值和任務分工。機房這邊，就由我先來處理！」Eason一口氣交代多種事項，不免有點擔心小天是否能全部聽懂：「隨時跟我保持電話聯繫！如果有媒體提出難以回答的問題，也轉接到機房的電話，讓我來回應！」

「好的！那學長我先去忙。」

Eason隨後立刻投入機房的工作，除了EEW系統之外，也嘗試把自動震源機制解AFM系統運作起來，畢竟中研院地球所的RMT系統對於中大規模的地震才有解析力，AFM系統還可以增加一些對小區域地震的輔助判識。至於震度顯示系統，Eason就真的有心無力了，南區氣象中心機房中屬於地震中心的server數量有限，大量的測站遠遠超過收錄主機的負荷。Eason在機房的工作稍微告一段落之後，才又回到南區的地震發布主機，畢竟對小天還是有點不放心。

此時，地震中心LINE群組總算傳來副主任的指示，南區增援人手已經選定，基本上都是受災比較輕微的同仁，正在趕往台南

的途中。

　　Eason大致瀏覽了一下發布程式的自動定位結果，確認了大屯山主震的地震規模達到7.0！後續的餘震分布大致上都符合GR Law$^{(註57)}$，地震波形也是很典型的構造地震——雖然很怵目驚心的是，靠近山腳斷層幾個地震測站的永久位移。由現有資料初步判斷，主震的發生位置在大屯山底下，隨後沿著山腳斷層往西南方破裂，因此這次人口密集區的災情恐怕是很嚴重了……。

　　此外，Eason還注意到在台北地區大量餘震中間，穿插著3個龜山島地區規模不大的地震。過去龜山島偶而也會這樣震個幾下，忙碌至此疲倦至極的Eason暫時也無力多想。

　　跟小天等在場同仁大致交代完畢後，Eason看著窗外，已經天亮了。Eason決定在桌上趴睡一下，讓腎上腺素消退，讓腦袋恢復冷靜。

第34話　風臨火山

　　休息了幾個小時後，Eason被小天叫醒，原來是地震中心支援同仁剛剛抵達。南區中心的氣象同仁也熱心的買了一些台南在地的虱目魚粥和牛肉湯，慰勞一下從北部趕來支援的同仁。

　　Eason看著目前發布正式報告的地震，幾乎都屬於大屯山主震的餘震。想到幾個小時前看到的龜山島地震，可能有達到發布小區域地震的標準吧？於是Eason借用辦公室另一台電腦，遠端複製一些龜山島地震發生時間的地震波形連續紀錄，用人工地震定位程式先手動定看看；若有達到發布標準，再請坐在發布台的同仁把地震資訊發布到官網上。

　　「咦？這波形怪怪的……」

　　Eason一邊觀察地震波形picking、一邊喃喃自語。首先奇怪的是，海底地震站和龜山島地震站分流至南區中心的即時資料不知為何在大屯山主震後就中斷了，加上強烈地震後整個大台北地區資料中斷，導致只剩少數地震測站有紀錄、且都位於龜山島西側。更奇怪的是，3起規模3.5左右的龜山島地震，都發生在規模4.5以上的大屯山餘震後幾秒內，受到尾波的影響，自動定位定不出來，人工檢視不仔細看也很容易忽略掉。

　　而3起龜山島地震的波形，雖然乍看之下有標準的P波、S波，但每個測站第一個到達的波都是上動波……雖然Eason不免想起Kursk號潛艇爆炸事件的前例，但東側的上下動未知，還不能輕易斷言跟爆炸有關。運用完整地震波形的震源機制解計算方法理論上可行，但對於規模較小的地震卻又無法解析，上網查了RMT系統網頁，果然沒有報告。

心生疑惑的Eason再繼續觀察連續波形紀錄，放大來看，發現在3起龜山島地震發生後，都出現更小、更密集、且波形奇怪的訊號，轉換到**頻譜圖**^(註58)，赫然發現許多是類似火山地震的單頻訊號！

Eason立刻打電話到TVO，想瞭解TVO是否有觀測到同樣的龜山島火山地震增加現象，以及地球化學的氣體觀測項目是否有異常，但電話同樣無法接通。Eason此時才想起，TVO的位置幾乎就在此次大屯山主震的震央正上方，該不會凶多吉少了吧？

無論如何，Eason決定回到南區中心機房，先恢復龜山島地震站和3座海底地震站的即時資料傳輸。開啟Earthworm參數設定檔資料夾，Eason此時才注意到收錄龜山島地震站和海底地震站資料兩個設定檔的修改時間，是前夜凌晨1點左右……那時Eason還在高速公路上奔馳，會修改檔案的人，顯然只有……

小天。

這一連串奇怪的事，讓Eason的戒心開始陡然升高。3起龜山島地震的發生時間就正好在資料中斷後，又都剛好發生在規模比較大的地震波形後面、不易被發現，還有上動波的疑點……這些情況各自單獨發生可能還可以說是巧合，但短時間內都湊在一起發生也未免有點啟人疑竇。Eason想起曾經讀過一篇國際期刊論文，主題是北韓核試爆引發中國東北長白山火山活動……這種腦洞大開的劇情，真的會發生在台灣嗎？Eason不免頭冒冷汗。

但Eason又覺得自己的猜想也還有疑點，例如說，小天的租屋在桃園，就算地震後第一時間南下，凌晨沒有高鐵或國內班機可搭，即使搭計程車也頂多比Eason早一點抵達，那凌晨1點是誰修改檔案、導致資料中斷的？還是說南區的server被植入木馬程式、遭到駭客入侵？

無論如何，龜山島火山的異常頻繁地震活動已經成為事實，Eason決定趕緊寫一封Email通知火山工作小組各成員——不過，

先不寄給小天——並提醒課長可能要做出召開火山專家諮詢會議的準備。

然而，想到居住在氣象局附近、地震後到現在LINE群組上都還沒有任何回應的課長，以及居住在陽明山上、音訊全無的TVO火山專家們，Eason決定再副本給主任、副主任，避免石沉大海。

接著，Eason祕密撰寫一份截至目前為止、彙整各種疑點的分析報告，mail給SCORPII小組。Eason原本很猶豫是否真的要這麼做，畢竟之前都純粹只是收到case進行分析後回報，有點刻意避免涉入過深。但這次，Eason隱約感覺到情況相當不對勁，也想避免之後若情況真的演變成國安事件，國安單位調查後認為Eason知情未報，那才真的慘。所以，Eason這次花了不少時間、仔細地寫了分析報告。

此外，前來指揮的主管還指示Eason撰寫並送出一份簽文，說明地震中心同仁以出差名義到到南區氣象中心支援緊急業務。等一切工作都完成後，時間已經下午6點了。Eason走路到附近旅館check in，隨後進入房間，二話不說直接癱倒床上。

Eason伸出左手拿取電視遙控器，按下電源鈕，閉上眼睛，只想聽聽新聞報導北台灣在經歷風災跟震災後的最新災情狀況。

「最新快報！龜山島火山爆發！火山灰直衝天際！記者現在正在宜蘭頭城海灘，即時捕捉到最新畫面！我們可以看到現在吹的是東南風，所以火山灰正緩緩飄往台北的方向，請宜蘭、台北的民眾多加注意！記者將會隨時掌握現場情況、提供民眾第一手消息！現在畫面交還給棚內主播。SNG小組，宜蘭採訪報導。」

Eason驚嚇的睜開雙眼，緩緩從床上起身，目瞪口呆的看著電視畫面。畫面雖然切換回主播台，但現場實景仍在左側的窗格繼續進行實況轉播。

現場記者背對大海，龜山島爆發的火山熔岩仍滾燙的流下海面，把附近海域化為蒸氣氤氳的巫婆湯鍋。此時，主播正滔滔不

絕的播報著，台灣有史以來、絕無僅有的歷史性畫面。但Eason卻略微顫抖的對著電視畫面不由自主地開口：

「啊……那後面的浪……是海嘯啊……」

說時遲、那時快，看似不起眼、高度不甚高的普通海浪，上溯到沙灘上後陡然升高，直衝現場記者身後！

「欸！注意妳後面──」通常不會發出聲音的攝影記者失聲脫口而出，想提醒背對海嘯的現場記者，但也只是爭取到一秒鐘的驚恐慘叫時間而已……

「瀑！！！嘩啦！！！咕嚕咕嚕嚕嚕嚕……」

SNG畫面斷訊。

第35話　難知如陰

　　這幾天來，災難電影中才會出現的世界末日，在台灣北部卻成為了恐怖的現實景象。從颱風豪雨引發的淹水危機、突如其來的台北大地震、歷史重演的台北湖，到龜山島火山無預警爆發、甚至造成宜蘭沿海的海嘯！

　　根據天氣預報，火山灰將會隨著颱風離去後尾巴遺留的東南風，緩緩帶到台北上空。隨後太平洋高壓再度籠罩台灣上空，形成了揮散不去的晦暗陰霾，可以想見，明天過後，大街小巷充斥的混凝土建築將再染上一層火山灰沉降物的慘灰色調，宛如核子冬天般的死寂景象。

　　一連串的災難，在整個北台灣釀成慘重的傷亡與災損。每一次強震都是對於偷工減料建築毫不留情的檢驗，這次當然也不例外，多棟大樓倒塌。人口密集的北台灣，等待救援的人數與地點遠超乎救災能量的負荷。

　　網路與電力等民生基礎建設受到台北湖的影響，受損嚴重又倍增修復困難，多年來致力於把資訊科技整合防救災的各級災害應變指揮中心即使挨過強震撼動，第一時間能發揮的情資整合作用也遠不如預期，只能等待工程人員緊急搶修線路。到頭來還是回歸官方及民間救難隊直抵現場搜救的經驗救援模式，只是這次變成水域救援，難度更高。

　　而原本應該最迅速發布EEW警報的中央氣象局地震測報中心，開始被各界嚴厲指責。接受媒體採訪的民眾，紛紛大罵地震都搖完了才收到手機警報；政論節目名嘴拿出看板激動說著日本和中國可以提前多久預警、中央氣象局卻沒給民眾預警時間，要

調查是否有稅金浪費或官員瀆職的問題；而監察院監委受訪時也表示，已經準備嚴格檢討氣象局的地震預警系統、火山預警系統和海嘯預警系統，必要時不排除彈劾相關失職人員。

在旅館見識到龜山島火山爆發和海嘯襲擊的Eason，隨後接到主管的電話，默默地走回南區氣象中心，討論後續應變事宜。跟值班同仁一起看到新聞播報，現場一片靜默無語。

事實上，在網路中斷前，大屯山主震的EEW警報只花8秒就發送出訊息，加上電信傳遞約5秒，13秒左右手機就應該會收到強制插播的警報。只是，若以S波在地表每秒約3公里的速度估計，以震央為圓心、39公里為半徑的區域，都屬於EEW的預警盲區。換句話說，西部桃園中壢跟東部宜蘭頭城以北的區域，全都位於預警盲區內……。

但龜山島火山爆發，就真的完全是意料之外的突發事件了。在火山地震開始密集活動後不到一天就爆發，就Eason所知，雖然也有2014年日本御嶽山、以及2019年紐西蘭白島等火山無預警爆發事件，但在世界上始終是相當罕見的狀況。

而龜山島火山爆發造成岩體崩落海中、引發的區域性海嘯，卻正是現行海嘯預警系統的難處。世界各地的海嘯自動預警系統基本上都是以規模7.0以上、且帶有垂直位移的海底淺層大地震為自動偵測目標。雖然已經有學者發表用地震儀偵測山崩震動訊號來預警山崩海嘯事件的學術期刊論文，但還處於個案研究階段，實務上還是只能在事發後手動輸入海嘯波源參數、才能計算出各地的預估海嘯波高。而龜山島距離頭城海邊只有約12公里，即使淺海的海嘯波速較慢、以每秒40公尺估計，約5分鐘海嘯就會上岸！

所幸當時已近傍晚，海邊玩水遊客大多已經離開。蘭陽平原海岸特有的沙丘地形減輕了海嘯向內陸推進的威力，但海嘯沿著蘭陽平原各河流上溯，造成排水困難，又引發低窪地區淹水。

民眾對未來是否還會遭遇更大災難的恐慌、對救援緩慢的不滿與憤怒，逐漸蔓延並瀕臨爆發。國軍持續投入兩棲裝備協助運送物資，部分物資集結點卻出現少數黑衣人試圖強占物資，差點引發流血衝突。在軍警強勢介入後，才勉強控制住劍拔弩張的氣氛。

北部地區的醫院都已經收容超過負荷的傷患，更別提許多重要醫療機構如T大醫院本身就位處災區，都還泡在水中。

還有算命師表示接下來會發生火星在天蠍座心宿二附近逆行的「熒惑守心」、自古以來最兇惡的天象，提醒民眾還會有更嚴重的災禍尚未發生。Eason看了只能頭冒三條線，今年的火星大約九月才從東南方升起，十月中才逆行，那時天蠍座早就快跟夕陽一起西下了，「熒惑守心」根本不會發生呀！這若不是學藝不精，就是擺明來亂的。

而地牛、電磁、耳鳴、腰痛等諸位地震達人，在網路上又重獲越來越多原本嗤之以鼻、災後轉變為寧可信其有的信眾。

在內心徬徨無助的時刻，每個人都需要撫慰心緒的管道。人們總是相信著自己選擇願意相信的事物，無論是危言聳聽、信仰宗教、官方權威、或感情的依靠。

「小沂，運動完了嗎？」此時的Eason，無論如何都想聽聽小沂的聲音。

「嗯，我忙完了。Eason，你在哪裡呢？」小沂關心著。

「嗯……我還在南區氣象中心。」

「……」小沂沉默一段時間後才開口：「都這麼晚了……那，你明天還是要去台東嗎？」

「……嗯，我會去。」Eason說出口之前，就已經可以預料到小沂的反應。但Eason當下運轉過度快要當機的腦袋，已經想不出除了誠實以外更好的回答了。

「……那我們已經沒什麼好說的了。」小沂明顯不高興

風臨火山

了：「你始終不明白，你一直沒照顧好自己。一次又一次的提醒你，但我其實一直不想在感情中扮演這種主導的角色，我已經累了。」

「我們分手吧。」

第36話　四面楚歌

Dear Eason,

主旨：請盡速查明8月20日中央氣象局南區氣象中心地震儀器遭到駭客入侵事件，並分析研判可能原因。

說明：

一、本局已向行政院資安處查證，中央氣象局南區氣象中心於8月20日凌晨特定地震資料遭到竄改一事，確認為遭到植入木馬程式之資安攻擊事件。

二、據資安處研判，該木馬程式亦可能即時監控遭入侵主機之所有操作行為，請盡速委由南區氣象中心之資安人員清除木馬程式，並避免再使用該主機進行任何涉及機密資料之操作。此事件已直接涉及國家安全，請高度謹慎應對。

三、另根據情資，組織內外可能已經遭受外部勢力滲透，請注意個人人身安全。

擬辦：限8月20日午夜12時前回覆分析報告。

Best Regard,

SCORPII

晚上10點半，剛被小沂提出分手的Eason收到SCORPII的Email，渾身無力癱坐在機房的地板上。

南區中心可不是局本部，沒有24小時輪班的資安人員耶！限1個半小時內調查完畢並回覆分析報告？這是整人遊戲吧？還是在演Mission Impossible不可能的任務？

長長嘆了一口氣的Eason，內心百味雜陳。小沂雖然並不明

白Eason的實際作為，但確實點出了Eason深陷泥沼的困境。處理各項事務都看不到終點的忙碌與疲憊，換來的是什麼呢？磨練專業技能？解決問題的成就感？開始感受到與付出不成比例的收入狀況？還是如今的人身安全威脅？

而面對其他人都堅強無比的Eason，唯有在小沂面前才卸下武裝放心依靠。或許，這種軟弱的依賴終究不能是常態。到了最後，Eason仍要一個人堅強的站起來，獨自撐起自己的人生。

Eason走到南區中心的值班辦公室，請南區同仁協助盡快call資安人員回來處理。接著開始思索著，地震資料遭到竄改……指的是龜山島地震站和海底地震站遭到人為切斷資料的事嗎？

這起讓Eason也深感疑點重重的事件，因為疑點太多、線索太少，Eason原本覺得繼續深入追查也意義不大。但現在獲得來自SCORPII提供的情資——先假設SCORPII的情資可信——那麼就開始有機會解開這個謎團。

首先是收錄即時地震資料的server被植入木馬程式這件事，證實了Eason之前的其中一個猜想，那麼就應該不是小天凌晨1點在南區氣象中心機房對參數設定檔動手腳。

所以小天的嫌疑被排除了嗎？不，相反的，這代表修改參數設定檔的動作，可以來自遠端——換句話說，小天的嫌疑反而更大了！因為懂得在短時間內修改那些參數設定檔的人，只有地震中心內部的4個人而已！而大毅和小明第一時間都身陷台北湖災區，無法與外界聯繫。排除下來，也只剩下小天跟Eason。

而SCORPII提供的另一則情資，意味著可能存在類似間諜之類提供情報外流的角色，但目前也還無法肯定「那個人」是否隸屬SCORPII內部。當然從內部外流情報是最有效率的做法，但SCORPII組織內除了Eason之外，還有誰懂得修改Earthworm參數設定檔？所以，不能排除從組織外部側面收集情報的可能性。而專長上足以做到這件事的，排除大毅和小明，真的就只剩小天

了……。

　　另外，server被植入木馬程式也意味著，Eason為SCORPII從事機密任務的事情，應該也已經外洩了……。當然，若真的是小天，那Eason的行動或許還有更早就外洩的可能性。而Eason此時所進行的工作若被視為破解對方意圖，那恐怕就真的要注意自己的人身安全了……。

　　Eason當然並非想把矛頭都指向小天，畢竟認識小天以來，除了真的比較「天天」之外，大致上算是好相處的學弟，更是能幫Eason分攤工作、一起吐槽的好夥伴。更何況，這麼「天天」的個性，會適合當間諜嗎？

　　「把所有不可能的結論都排除後，剩下的不管多麼離奇、讓人難以置信，但那就是真相！」Eason此時想起《福爾摩斯》推理小說和知名動漫《柯南》都常引用的經典名言，確實，不能感情用事了。

　　Eason此時終於明白，自己應該已經成為SCORPII的懷疑對象了。

　　沒有太多時間的Eason，借用南區中心資安人員的筆電，很勉強的在半夜12點左右把簡略的分析報告mail給SCORPII，陳述小天的可能性，盡人事聽天命了。

　　午夜時分，Eason走出南區氣象中心，很快就注意到有2名黑衣人尾隨自己。Eason假裝不知情走入首廟天壇附近的巷弄，在熟悉的巷弄內速度忽慢忽快的繞來繞去，確認甩開黑衣人後，趕緊奔入旅館！

　　「叮！」

　　正準備撥打110尋求警方保護的Eason，還在思考怎麼跟警方陳述時，手機FB messenger傳來小沂的訊息。

Eason，如果我們要結婚的話，你總是那樣不好好照顧自己的拼命忙碌，還有始終讓自己脫離不了煩惱的經濟困境，我們之間還有什麼未來呢？接下來這幾天，讓我們都冷靜一下。等你從台東回來後，我希望能聽到你好好回答。如果我們對於未來沒有共識，那我們之間真的就要結束了。

「叮咚！叮咚！叮咚！」

房間的門鈴急促地響起。

Eason走到門口，透過窺視孔看到門外站著3名身穿黑衣、荷槍實彈的國安特勤人員。

「還真是……四面楚歌啊……」Eason苦笑著。

Eason退出玄關，正想撥打電話。然而很快的，房間門被強制解鎖，特勤人員闖入房內！Eason舉起雙手表示沒有抵抗的意圖：「請也把我的隨身行李帶走，謝謝。」

Eason只感覺到後腦杓一記重擊，隨即失去意識。

第37話　動如雷震

日本，橫濱國際平和會議場。

「欸～JpGU不是昨天就結束了嗎？今天怎麼又跑來呢？」慕容研究員不解。

「還不是黃鈺這個小冒失，海報忘了帶走啦～」李研究員笑著說：「反正這附近還有一些景點，就當順路來走逛啦。」

「聽說台灣方面的山腳斷層前幾天活動了？花研究員，正如妳所預料呢！看來省級地震局對妳來說應該是大材小用，地震預測研究所該聘妳才對呀～」慕容研究員也開起玩笑。

「我只是據實分析罷了。」花園語氣平淡的回應。

「是啊，我們正好在小日本參加會議，台灣方面這場大地震真是突發到讓我差點措手不及呢！還好我底下那些小子們平時訓練有素，很快就繼續在PTT、臉書之類的論壇假扮各方支持者發表刺激言論，台灣網友容易被挑動情緒帶動風向，傳媒也樂於配合報導這些激起對立的偏激言論，屢試不爽呢～」李研究員略顯得意。

「那您的網路攻擊怎麼安排呢？」慕容研究員好奇追問。

「因為資訊公司還沒打入，這回我派人手動植入木馬編程，才給了地震局實施機密計畫的時機呢！」

「那……機密計畫實施後呢？」黃鈺開口發問。

「再來就是軍方的事了。」慕容研究員低聲回應：「黃研究員還記得上個月的情治信息交流會議吧？」

「記得……」黃鈺不安的說道：「所以說……戰爭真的要開打了嗎？」

「是的，軍方已經開始祕密動員了。」慕容研究員解釋著：「近幾年來，台灣方面不斷加強軍事準備，像是M1A2T戰車、台製潛艇和F16V戰機等，雖然各有其使用上的限制，但確實都是具有實質效用的軍備補強。在可以想見的未來，要在軍事上快速壓倒台灣將會越來越困難。所以，在這些更新裝備服役前，現在發動作戰已經可以說是近幾年來最好的時機了。台灣方面似乎也明白自己的弱點，近期不斷舉行實彈演習，一方面加強戰備，另一方面對內對外都是政治性的宣示。」

「不過，現在台灣方面正陷於相當罕見的天災民怨中，台軍正投入大量兵力協助救災。從軍事角度來說，這是千載難逢、稍縱即逝的時機，相信雙方領導階層都明白。」慕容研究員補充說道。

「慕容研究員，但我從資訊部門破解的最新情資得知，美軍已經有3個航母艦隊正在集結過來的途中……」李研究員這時也轉為低調。

「那麼，李研究員，接下來您可能還會收到更多來自中東、中亞、北朝鮮等地的最新情資喔。我國當然不可能沒有任何準備就貿然開戰，這是一場全球性的博弈，就看誰動作快了。」慕容研究員沉穩的回應。

「但我還是有點不懂，上次情治信息交流會議最後，軍方說可以在48小時內完成準備——這可能嗎？我記得以前看過的情資是物資集結最快至少也要1個月……」李研究員繼續追問。

「若目標是登陸台灣本島，物資集結確實需要至少1個月，但現在目標已經調整了——當然這是最高等級的機密——此次無論是台灣本島或南海的東沙環礁，都是軍事欺敵的佯攻，真正的攻占目標其實是——扼守台海咽喉的澎湖群島。」

「我是不懂什麼武器、軍事、政治事務……但難道說……真的沒有和平相處的方式嗎？」黃鈺面露愁容。

「軍事是政治的延伸，而我負責的情報組織工作則是為了軍政決策提供情資。軍政決策不是我們的工作，我們唯一能做的，就是把分內的工作做好而已。」慕容研究員微笑的回應黃鈺。

「好啦……我們別再談這些嚴肅的事兒了。今天輕鬆點，我們先去皇后廣場^{（註59）}逛逛，晚上再到**橫濱Sky Garden**^{（註60）}賞夜景吧！」李研究員提議。

「……我『那個』來，很不舒服，你們逛，我先回房休息。」黃鈺面露難色。

「好吧，妳好好休息。」慕容研究員輕拍著黃鈺。

黃鈺一個人走回地鐵站，搭了2站後下車。出站後走往橫濱公園的方向，最後卻走進一棟大樓，停留在「台北駐日代表處橫濱分處」的門口。

「請問有什麼事嗎？」辦公室內的職員走到門口，熱心的向黃鈺問候。

「呃……嗯……該怎麼說呢……」黃鈺搔搔頭：「我有很重要……非常重要的情報！我希望你們能確保我的人身安全，並護送我到美國尋求政治庇護。」

「蛤？」

經過一番溝通後，黃鈺被帶到處長室。辦事處處長聽完黃鈺提供的情報後，面色凝重，隨即請同仁把辦事處大門關上，立刻把緊急情報傳回外交部！

看著辦事處一片兵荒馬亂，被晾在一旁的黃鈺也越來越感到不安，畢竟黃鈺的洩密行為遲早都會被發現，在橫濱市區待越久越不安全。

好不容易等到處長有空檔，黃鈺趕緊詢問：「請……請問你們會把我帶到什麼地方？」

「妳放心，日本航空自衛隊人員待會就會抵達，之後會護送妳到日本東北的三澤空軍基地。」處長回應。

「呃……請問為什麼我要被送去那裡呢？」黃鈺仍然相當侷促不安。

「那裡是……駐日美軍的情報總部。」

＊　　　　＊　　　　＊

「Eason……你曾說過，如果像我們這樣能互相理解的人越來越多，那該有多好。至今我依然認同你。」

「你不是雙面諜，我透過慕容研究員的祕密檔案確認了。願你平安，這也是我能為你做的最後一件小事了。」

搭乘日本航空自衛隊專機的黃鈺，望著窗外即將沒入日本海的夕陽，海面熠熠生輝，海鷗仍自在的翱翔。黃鈺左手撐著瓜子臉倚靠窗邊，以黝黑長髮作為掩護，輕輕的，用左手按掉錄音筆的錄音鍵。

第38話　不可能的任務

「好痛……」Eason感覺到劇烈的頭疼，勉強起身，發現自己躺在塑膠地貼板上。環顧四周，只有馬桶、水桶、水槽和監視器……顯然的，Eason已經被帶到看守所收押了。

為什麼會遭到這樣的待遇呢？Eason想到還來不及通知就被迫無法再見到的孩子，和等不到Eason回應的小沂……不知不覺，心痛了起來。

「放風時間到了！出來！」雜役在門外大喊著。

走出房外的Eason，此時才知道自己被關在**禁見房**（註61）。每天僅有幾分鐘的放風時間，是離開舍房活動的珍貴時間。除此之外，吃喝拉撒睡都只能窩在舍房內，是一種折磨，或許也是一種自我省思與沉澱。

「你知道你過太爽嗎？其他間都2、3人共住，就只有你單人房！」雜役很不客氣的對Eason說著。

「為什麼？」Eason不解。

「你還裝傻？你可是國安局機密組織人員、卻違反國安法的叛徒和間諜耶！」雜役對Eason相當不屑。

Eason只能無言以對。

日復一日毫無隱私的看守所生活，Eason的心情逐漸沉澱了下來。Eason不知道檢察官哪一天才會來，即使被偵訊手上也沒有任何可以證明自身清白的證據，但還是努力思考，嘗試把之前的疑點整理起來。

Eason仍然不解，為何會直接被逮捕？從Eason的角度推測小天可能有問題，但從SCORPII的角度，他們知道小天的存在嗎？

理論上小天不是SCORPII的成員，那最後的任務信內容為何提到組織被滲透？是其他來源的情報？還是……SCORPII內部確實有人洩密？

另外，龜山島火山爆發前那3起很難發覺、但仍然被Eason手動挖出來的地震，其實波形是有問題的……。但這一點，Eason刻意先不寫在回覆分析報告內。畢竟若真如Eason所猜想，那真的太匪夷所思了……

「打飯！」雜役在門外大喊。

Eason趕緊去盛飯菜，再拿到房間內過水，那油膩實在太可怕了。此時，Eason才注意到鍋盆底部黏著一條小紙條。

明天委任律師會找你，你們會祕密交換身分。你趁這個時機外出，收集好證明自己清白的證據！這是你唯一的機會，但你只有一天的時間！交換身分的事要是曝光，你就罪加一等、萬劫不復了！自己衡量吧。good luck！

Eason從沒想過，這種事情竟然會發生在自己身上。

隔天，委任律師來訪，跟Eason的長相還真是有點類似。律師帶Eason離開房間後，兩人在廁所貼上彼此的臉皮、變聲器並交換服裝！隨後，Eason想辦法鎮定心神，依委任律師的指示搭上計程車和高鐵，趕赴南區氣象中心！

「您好，我是Eason的法律扶助委任律師，依客戶的要求前來貴中心收集Eason的辯護資料。這是我的名片！」

偽裝成律師的Eason，再怎麼焦急也要保持沉穩。隨南區中心同仁進入機房後，Eason取出之前的分析資料，用Email寄到律師的信箱。此時，Eason才意外發現久未連絡的黃鈺，也寄來了一封附有錄音檔的mail。

「黃鈺……謝謝妳……」Eason差點哭了出來。

沒有太多時間感傷的Eason，趕緊再搭高鐵返回北部，在約定的時間內趕回看守所，跟律師換回身分。

　　幾天後，Eason接到偵查庭的開庭通知。

　　「檢察官，我要求轉汙點證人！」

　　「你說什麼？」桌上堆著一大疊資料，一副就是很想早點把Eason定罪結案的檢察官，一臉不可置信。

　　「真正的雙面諜，不是我，是SCORPII主管。」Eason理直氣和地說出讓檢察官瞠目結舌的供詞。

　　「你有什麼證據？」檢察官狐疑地反問。

　　「第一，龜山島火山爆發前的3起地震，根據我的分析，是人為引發的爆炸訊號！雖然看似有P波、S波，但實際上是由計算相當精密的連續引爆模擬出來的！除了最早到達的震動波形都是上動波之外，『假S波』的質點運動^(註62)方式也跟正常的S波完全不一樣！」

　　「第二，龜山島地震的發生時間，正好在大屯山大地震後、餘震頻繁的時間內，發生的時間點相當不自然，此時又正好處於南區氣象中心機房被植入木馬程式的時刻，地震測報中心的另一名同仁張天意比我更早抵達南區氣象中心⋯⋯他才是真正遠端遙控、切斷即時地震資料的人。但除了張天意之外，對我提早預警有雙面諜的SCORPII主管，則是真正掌握我所提供的分析報告、持續洩露SCORPII機密的人！」

　　「第三，我還有另一份證據，是來自另一個機密組織成員提供的錄音！請檢察官向我的委任律師索取。她的供詞無庸置疑，請檢察官向外交部查證，即可確認！」

　　Eason心裡明白，自己的推論其實也包含著還無法完全肯定的虛構成分。但此時若不唬住檢察官，自己就要被定罪了，於是又加了一句：「檢察官，我相信檢察獨立的重要性，比起受國安局指揮更重要。」

「……」檢察官沉思許久，終於開口：「你這小子膽子不小，竟敢做出這麼嚴重的指控和要求！今天就先到這裡吧！」

4個月收押期滿，Eason收到不起訴處分，無罪釋放。

這天，寒流來襲。

台北街頭，看似恢復了日常的繁忙生活。然而在大街小巷的角落，仍不時可見到湖水退去後的泥土，沒清乾淨的火山灰。

回到租屋處的Eason，信箱中堆滿著法院的信件，原來是孩子的媽媽認為Eason無故停止給付扶養費、也多次未履行探視子女的義務，向法院提出聲請強制執行及中止探視權的訴求。

社區的警衛跟Eason催討4個月的租金，並轉交一個大紙箱給Eason。Eason搬回房間內打開來看，原來是小沂九月寄來的多件秋冬衣物，以及……分手信。

「登──登──登登登登登──登──」久違的手機鈴聲再度響起。

「Eason嗎？我是你的委任律師，首先恭喜你，完成了不可能的任務！不但沒被起訴，還反過來揪出真正的共謀！你的案例非常罕見呢！不過有件事至今仍然是個懸案，跟你共事的那位張天意先生，其實早就已經死亡了……」

「蛤？」

第39話　最後的真相

雲林口湖，蚵棚架旁。

黑夜中，一名身材瘦高的男子站在沙灘上，腳邊堆放著隨身行李。海風呼嘯中，瘦高男子回想起過去幾年，曾經在TVO、在氣象局地震測報中心的工作經歷。跟Eason一起共事、學習各項業務、一起吐槽開玩笑的各種回憶，都歷歷在目。

當然，Eason的工作內容、各種行為及特質，也都被瘦高男子一一回報給組織高層。

曾經一起處理過多次故障排除，跟整個團隊都快培養出革命情感了。雖然說，震度顯示系統遭到DDoS攻擊那次，是瘦高男子刻意阻止Eason趕回辦公室，拖延到事態變嚴重，讓外部資安公司獲得介入調查的機會……。

大屯山大地震那晚，被劇烈震動嚇醒、差點被租屋處天花板砸中的瘦高男子，短時間內恢復鎮定，接到組織通知啟動機密計畫後，半夜趕緊聯絡黑衣人飆車載到南區氣象中心，同時在高速行駛的車上遠端遙控著南區氣象中心的機房主機、修改參數檔來切斷龜山島地震站和海底地震站的即時資料！

凌晨抵達南區氣象中心後，不得不先協助處理南區的備援地震發布，同時緊張的注意組織通知引發爆炸的時間點。直到引爆3次完成後，瘦高男子趕緊趕往機房，正準備把修改過的檔案恢復原本設定時，Eason就出現了！瘦高男子至今仍心有餘悸，那也是分秒必爭的……不可能的任務呀！

瘦高男子相信，以Eason的對這些怪事的敏銳程度，他的破綻遲早會被發覺。雖然很可惜，但確實到了任務終結的時刻。

突然間，黑夜中逐漸迎來一盞明燈。一艘明擺著就是要出海夜釣的膠筏船，逐漸駛抵瘦高男子的前方。

　　瘦高男子拎起行李，上了船。

　　「張天意，願你安息。」

　　膠筏船隨後悄悄地往外海的方向駛離，消失在深邃黑夜中。

＊　　　　　＊　　　　　＊

　　「哎呀～『張』研究員，您終於回來啦……」李研究員語氣酸溜溜地打了個招呼。

　　「哈……別這樣，那已經不是我的身分了……」卸下「小天」身分的瘦高男子，苦笑地回應。

　　「你可知道你這次任務失敗，影響的層面有多廣嗎？」李研究員繼續數落瘦高男子：「慕容研究員建立的情報網被破解了，地震局和軍方合作、用舊型潛艇改造而成的TBM（註63）鑽掘多年埋入精密炸藥的誘爆龜山島火山機密計畫也用掉了，眼看台灣方面正陷入有史以來最嚴重的社會動亂，最後卻仍然功虧一簣！現在台灣方面已經逐漸從混亂中恢復了……唉！這成就歷史大業的大好時機就這樣錯失了……」

　　「還好吧？李研究員您的偽信息和網路攻擊工作還運作順利、尚未曝光，不是嗎？」瘦高男子繼續回應：「更何況，軍事行動的緊急中止，主要還是因為黃研究員的叛逃、洩漏情報所致吧？」

　　「你腦袋還挺清楚的嘛！怎麼這時候就沒有『天天』的個性啊？」李研究員譏諷著。

　　「那畢竟只是人設（註64）嘛……」瘦高男子尷尬地笑著。

　　「他說的沒錯。而我太大意、透露太多情報給黃研究員，也有無可推卸的責任。」慕容研究員也抵達會議室。

「我還是不解，你在台灣共事的那個Eason，為什麼不直接引誘他倒戈到我們這兒就好了呢？像那樣有經濟壓力的人，更容易被金錢所吸引吧！總比現在這樣，被他破解情資，加上黃研究員的叛逃，直接把我們多年來的計畫瓦解大半來的好吧？」李研究員仍不滿的碎碎唸。

「Eason他啊……恐怕不是那樣的人吧……」始終沉默不語的花園，此時才開了口。

「這方面算是比較難以掌控造成的意外結果。由於必須配合台灣方面SCORPII主管的決策，在收買和消除威脅這兩個選項中，他獨斷選擇了後者，當時我們只能尊重他。這也是從這次事件中獲得的教訓。」慕容研究員回答。

「哼！我才不信那個Eason有多厲害，下次我要用更多重的資安攻擊搞垮他！」李研究員仍相當不服氣。

眼看著這群組織同僚，瘦高男子不禁苦笑。出身台灣的他，即使選擇倒戈，在這裡也始終不被當成自己人。而回到台灣，被Eason當成好夥伴對待，瘦高男子卻仍選擇忠於自己的任務、盡全力扮演「小天」的角色，學習地震測報中心各方面的技術，持續洩露情報，撇除感情、忠實的執行任務……這不也正是專業態度的展現嗎？

瘦高男子此時突然又想起多年前遭到當地官員設計利誘投資廠房、提供高額借貸後又翻臉不認帳、最後導致經商失利而被軟禁中的父母與女友，不知現在是否安好？家人和國家之間，無論選擇哪一邊，都注定會被另一邊所不諒解的吧……

這世界上沒有那麼多兩全其美的好辦法。就算有，人生也沒有那麼多時間一一去思索破解那些困境。當走到十字路口，終究要選擇一個前進的方向。選擇沒有對錯，因為我們永遠不知道未來會呈現什麼樣貌。歸納而來的歷史論述與科學理論總讓人產生歷史會重演、數值可完美預測的錯覺，但這個大自然、這顆地球

上的萬千變化，讓科學計算中細微到可以忽略的微小誤差，長期下來累積成難以預料的劇烈變化。所以，做自己也好、成為棋盤中衝鋒陷陣的棋子也好，背負起選擇的責任，無悔的走下去吧！走過的足跡，至少會留下屬於自己的故事。瘦高男子仰頭，微笑了起來。

　　「好了！情治信息交流會議的會前會，來吧！」中年男性地震學者，揮手示意年輕研究員們聚集起來：「下一場機密計畫的籌畫……要開始了。」

最終話　The End of the Beginning

台中，某補習班內。

「嘿，Eason老師今天的穿著有型喔～」補習班主任跟匆匆趕來授課的Eason打招呼。

「哈，是比較有品味的女生送的，謝謝啦！」Eason不好意思地回答，隨後快步走向教室門口，停下。左手輕撫著心臟，對小沂的感謝、以及所有真摯的感情，都已經深切烙印在心底。Eason平靜的，打開教室門口——

「各位同學大家好！我是你們的理化老師，以後叫我Eason老師就可以囉～」

「老師我呢，大學是地球科學系畢業的，對！就是你們國三現在一邊也在上的那個地球科學。你們大概心裡會懷疑，啊咧⋯⋯這個老師有辦法教理化嗎？嗯⋯⋯不用急，老師先來跟你們分享個故事。」

「老師當年剛上大學的時候，要上網選課。大一幾乎都還是必修課為主，那時老師一看——傻眼貓咪！什麼普通物理學、物理實驗、普通化學、化學實驗、微積分、計算機概論⋯⋯欸？沒看錯吧？真的是地科系的必修課？結果還真的是！大學四年下來，修了一大堆數學、物理、化學和程式的課程⋯⋯」

「後來在研究所也好、在氣象局地震中心也好，地震學基本上就是披著地球科學外皮的物理和數學，許多工作內容也都跟寫程式有關。所以諾⋯⋯相信老師，一定可以帶給你們紮實的教學內容！」

「而更不一樣的是，老師有在學術界和公家機關的實務工作

經驗，還有豐富的生活經歷，許多好玩的故事，還有各種不為人知的祕密內幕……隨時都會跟之後的上課內容扯在一起喔！大家要專心聽啊～XD」

「另外，老師以前就常在進行跟聽眾互動的解說。所以啊，老師也希望能跟你們建立動腦思考、互動的默契。剛好你們現在面臨新課綱，不像以前死背苦練考題的模式，而是越來越強調素養發展和跨領域思考的重要性，這可是老師擅長的地方唷！所以，之後請大家跟老師好好配合，一起努力，好不好？」

「好～～～」學生們好奇地回應著這位搞怪的新老師。

「好！那我們今天就從『時間』開始談起囉！時間的觀念非常重要，不只是因為你們國三要大考的複習時間啊，老師指的是後面章節的速度、加速度、牛頓運動定律……一切都跟時間有關。所以，跟你們的課本、參考書都不一樣，理化老師現在先暫時化身為天橋下說書人，從幾千年前世界各古文明對太陽和月亮的天文觀測開始，一步一步的把年、月、日、時、分、秒如何決定的一連串發展，開始說故事囉……」

3個小時的課堂結束後，Eason開始回覆電話。

「喂～學長嗎？有什麼事呢？」

「Eason，高二數學這禮拜改成禮拜三下午3點喔。另外，還有一個高三數學的家教試教，時間是下禮拜三晚上，你有沒有意願？」Eason的學長提供家教資訊。

「嗯……」雖然Eason想到高三學生面臨大考的複習進度，不免有點猶豫，但還是選擇接受挑戰。因為Eason深信無論處於任何狀況，Eason都會用心對待每一位學生。

「OK，我嘗試看看。」

還有另一通沒見過的未接來電……Eason繼續回撥：「喂～您好，請問您是？」

「您好，我是大毅的朋友，聽聞您曾在氣象局工作、也有天

文社的經驗，我有另一位朋友最近要舉辦員工旅遊，晚上希望找一位老師介紹天文觀測，請問您有意願嗎？」

「……」Eason不免又陷入猶豫了……畢竟，跟朋友圈中多位天文界高手比起來，Eason只能自謙幼幼班。但轉個念頭想，如果Eason的目標放在跟聽眾分享有趣的天文故事、享受入門的觀星樂趣，應該還是做得到、也是Eason所樂意的。抱著純粹的分享心情，用心的表達吧！

「好的，我有意願。」

才剛結束通話，突然又一通來電：「喂～吳老師嗎？」

「Eason，最近我有個想法，想找你介紹一下大肚山的地質故事，你OK嗎？」家鄉的優秀文史老師，熱心的提出邀約。

「好啊！我很樂意。不過先等我最近比較安頓下來之後，再來跟您敲定時間好嗎？」

「好，就依你的行程安排。」

事務都暫時處理完畢後，Eason把車開到老家附近的鄉間小路，在車內換為運動服裝後，下車做熱身運動。熱身完畢後，開始跑步。

小沂提出分手後，為了平撫內心的傷痛，Eason開始每天都抽時間做運動。某方面來說，也是懷念小沂的方式吧。無論是跑步或肌耐力的訓練，剛開始都相當挫折；但隨著逐漸增加強度、堅持不懈的持續著，Eason終於恢復了每日運動的習慣，身體狀況也感覺到比過去改善了許多。

Eason所做的各種改變，並未告訴小沂。分手信中小沂明白表示不願被打擾的訊息，Eason釋懷後只有無限的祝福與尊重。曾經擁有過，那美好的回憶，已經足夠。至少，在Eason最傷心低潮的時刻，受到小沂各方面的幫助與撫慰，和多次呼籲Eason要勇於「做自己」的鼓勵……小沂的善良，仍然算是在Eason身上開花結果了。

對於前妻，即使在可想見的未來可能仍會有持續不斷的官司纏訟，Eason也早已放下一切怨懟。感謝著曾經多年的相處，祝福著對方未來也能過得好，Eason只靜心期盼雙方都能維持著友善照顧孩子的初衷，讓孩子順利的成長。

　　告別了感情，告別了氣象局的工作。當然，SCORPII小組也脫離了。這不是逃避，而是轉換跑道的人生抉擇。這一次，Eason跑回了家鄉，重新開始一段新的人生旅程。無法預料成功還是失敗，只有持續向前邁進，才能接近眼前的風景。

　　滿天星斗，天蠍座高掛西南方的夜空，又到了七月流火的季節。揮汗如雨的Eason，調勻呼吸節奏、步伐與核心肌群的出力，直到跑完全程。原本有點萎靡的精神，又提振了起來。

　　回到家中，洗完澡後，Eason打開筆電的VM虛擬主機，把Earthworm參數設定完成，開始接收全球地震網的即時地震波資料，並繼續開發測站資料品質自動監控及故障排除程式。

　　另外，也開啟了一個WORD檔。

　　Eason托腮想了想，決定先打出4個字：

風臨火山

全文註解

1 picking：地震學專有名詞，找出特定波相（如P波、S波）的到時（到達時間）。

2 EEW：強震即時警報（Earthquake Early Warning）系統的縮寫。

3 定位：指的是計算出地震的震央、深度和發震時間，一般稱為地震定位。

4 opendata：中央氣象局官網的開放資料平臺，提供各種氣象資料下載。

5 歷史地震剖面：從資料庫撈出歷史地震資料，繪製平面圖和剖面圖，協助分析判識地震原因。

6 有感歷時分析：舉例來說，花蓮站搖晃超過4級的時間約5秒，是媒體習慣用於報導的資料。

7 發布時效：發布流程中自動定位、人工檢視、對外發送等各階段的耗費時間。

8 震源機制解：暱稱海灘球，是運用地震波計算出斷層走向、傾角等參數的工具。

9 預警盲區：在震央附近，區域型EEW訊息仍然無法比S波提早到達的區域。

10 收斂：傳統地震定位程式採用迭代運算的Geiger法，故需收斂才能獲得正確結果。

11 weighting：給定P波、S波picking的權重值，調整權重可以產生微調效果。

12 model：地震波速度構造（seismic velocity model）的簡稱，用於計算地震波行進時間。

13 TVO：「大屯火山觀測站」的縮寫，在陽明山上監測各種火

山觀測項目的研究機構。

14　GPU：電腦圖形處理器（Graphics Processing Unit），近年來用於加快程式運算速度。

15　JMA：日本氣象廳（Japan Meteorological Agency），官網提供日本全國地震資訊。

16　USGS：美國地質調查所（U. S. Geological Survey），官網提供全球地震資訊。

17　PTWC：太平洋海嘯警報中心（Pacific Tsunami Warning Center），提供海嘯警報資訊。

18　RMT：即時地震矩張量（Real-time Moment Tensor）監測系統，提供即時地震資訊。

19　BATS：中研院地球所的台灣寬頻地震網（Broadband Array in Taiwan for Seismology）的縮寫。

20　錯動量分布：大地震才有的特性——把震源視為不只是一個點，而是隨著不同時間、在斷層面上有大有小的錯動位移量。

21　濾波：訊號處理的基本技術，地震學中常用富立葉轉換濾波器處理地震波形。

22　AFM：自動初動解（Auto-First Motion）系統的英文縮寫，自動震源機制解的一種。

23　Earthworm：一套兼具收錄、整合並同時運作各式程式的國際通用即時資料處理軟體。

24　count值：網路封包內記錄的無單位數值，到應用系統內才轉換為物理量（如gal）。

25　DC值：儀器記錄數值與基線的差值，一般小DC值都屬正常，過大的DC值會導致儀器紀錄範圍受限的問題。

26　digitizer：地震儀記錄器，負責把感應器（sensor）電壓訊號轉換為count值。

27 CIP：國家關鍵基礎設施安全防護（Critical Infrastructure Protection）的縮寫。

28 workshop：工作坊，為專注於探討單一主題、更重視交流互動的小型研討會。

29 KMA：韓國氣象廳（Korea Meteorological Administration）的縮寫，官網提供南韓全國地震資訊。

30 chart recorder：指針類比式即時地震波形紀錄器。其實現在都是數位記錄了，但媒體喜歡拍攝這種復古樣式，就再把數位紀錄轉換為類比紀錄即時展示於地震走廊。

31 GDMS：地球物理資料管理系統（Geophysical Database Management System），是中央氣象局地震測報中心對外提供各類地球物理連續觀測資料的線上系統。

32 GNSS：全球衛星導航系統（Global Navigation Satellite System），除了日常作為GPS定位外，地球科學領域也用於精密地殼變形測量、儀器精準校時。

33 VM：虛擬機器（Virtual Machine），在實體主機內可分割成多個獨立運作不同作業系統的虛擬主機，現已在各領域廣泛運用。

34 簡正：簡任技正的簡稱。台灣的公務體系職等劃分為委任（一至五職等）、薦任（六至九職等）、簡任（十至十四職等），技術職稱又分為技佐、技士、技正。

35 Linux：一種伺服器主機常用的作業系統，較Windows穩定、且具有多工處理等強大功能，但也較需較熟悉各種操作指令。

36 處遇：對個案的社會工作過程中，社會工作者在了解案主問題及評估之後，所採取的解決措施。

37 SOS：小球大世界（Science On Sphere），是NOAA開發的一套球體動態展示系統。

38 playlist：SOS解說系統的展示列表，可由解說人員自由編輯。

39 NOAA：美國國家海洋暨大氣總署（National Oceanic and Atmospheric Administration）的縮寫。

40 NASA：美國國家航空暨太空總署（National Aeronautics and Space Administration）的縮寫。

41 double couple：雙力偶，是地震學中描述物體運動的力學機制，由此機制推導出地震S波。反過來說，具有double couple機制的物體運動（如斷層錯動）才會產生S波。

42 BMKG：印尼氣象、氣候和地球物理局（Badan Meteorologi, Klimatologi, dan Geofisika）的縮寫，相當於台灣的中央氣象局、日本的氣象廳。

43 時頻分析：把波形訊號隨時間和頻率的二維分布呈現出來的分析方法，廣泛應用於各領域的訊號分析。

44 bubble pulse分析：氣泡突波分析法，用於解析水下爆炸引起的氣泡、呈現在震波轉換至頻譜訊號的一種分析方法。

45 社交工程演練：模擬惡意電子郵件，訓練收件者的資安意識、不輕易開啟不明電子郵件和附件的警覺性，但也被公務機關拿來當作衡量考績的項目之一。

46 IRIS：地震研究機構聯合會（Incorporated Research Institutions for Seismology）的縮寫，官網上提供全球地震網各測站地震資料下載、地震儀器參數等大量地震相關資訊。

47 TANet：臺灣學術網路（Taiwan Academic Network）的縮寫，此處代指TANet維運中心，負責全台灣學術網路的維護及營運。

48 DDoS攻擊：分散式阻斷服務攻擊（distributed denial-of-service attack）的簡稱，是一種網路攻擊手法。

49 鋪路爪長程預警雷達：為美國研發的探測彈道飛彈對地攻擊的預警雷達系統，可以探測飛彈的彈道、發射點，計算出飛

彈預定擊中地面的位置，提供彈道飛彈來襲的預警情報。另外，也可以用於探測人造衛星等空中目標。

50 NEO：近地天體（near Earth object）的縮寫，為可能接近、甚至撞擊地球的各種天體，包含近地小行星、彗星和流星。

51 Pan-STARRS團隊：泛星計畫（Panoramic Survey Telescope and Rapid Response System）是一個結合世界各地多座大型天文台、24小時不間斷觀測全部天區的巡天計畫，可以偵測具有撞擊地球威脅性的NEO近地天體。國立中央大學鹿林天文台也是計畫成員之一。

52 JpGU：日本地質科學聯合研討會（Japan Geoscience Union）的縮寫，為地球科學界每年都會舉辦僅次於美國AGU、歐洲EGU的大型國際研討會。

53 LANL：美國洛斯阿拉莫斯國家實驗室（Los Alamos National Laboratory）的縮寫，原為開發核子武器的實驗室，之後因應監測全球核子試爆，也成為法醫地震學研究重鎮。

54 印太戰略：一種地緣政治的概念，地域範圍包含傳統認知的亞太地區加上南亞地區，訴求地域內經濟與政治方面的自由開放，甚至軍事方面的交流合作。

55 雷達回波圖：運用脈衝都卜勒雷達探測雲層中的水氣含量，把回波的分布與強度繪製成雷達回波圖，可以瞭解雲層中水氣的分布位置與可能的降雨強度。

56 風場預報動態圖：同時把氣象預報的各地風向與風力強弱分布呈現在地圖上。

57 GR Law：古登堡－芮克特定律（Gutenberg–Richter law），描述地震規模與數量的關係式，一般來說規模越大的地震數量越少，反之規模越小數量越多，可用來判斷是否屬於主震——餘震序列。

58 頻譜圖：把時間序列的地震訊號轉換為以頻率為橫軸、振幅

為縱軸的分析圖，可以呈現特定訊號的頻率分布與強度，例如單頻火山地震。

59　皇后廣場：位於日本橫濱的知名逛街購物及美食景點。

60　橫濱Sky Garden：位於日本橫濱的知名建築「橫濱地標大廈」樓頂的展望台，為知名的空中花園及賞夜景的觀光景點。

61　禁見房：看守所內，除了律師、檢察官與出庭外，其他人都禁止會面的關押房間。

62　質點運動：把地震波形記錄轉換到面對地震波線的傳遞方向，即可呈現地震波在空間上的運動軌跡，稱為質點運動（particle motion）分析。一般S波又可細分為垂直的SV波和水平的SH波，兩者交互作用下，形成的質點運動軌跡跟單一震動方向的P波相當不一樣。

63　TBM：全斷面隧道鑽掘機（Tunnel Boring Machine），是一種專門用於開鑿隧道的特殊大型機具，英法海底隧道、雪山隧道都曾經使用過。

64　人設：人物形象設計，或稱角色設計、人物設定，為動畫、漫畫、遊戲、小說、電影等媒介的慣用語。

國家圖書館出版品預行編目資料

風臨火山／徐毅振著. --初版.--臺中市：白象文
化，2020.12
　　面；　公分
ISBN　978-986-5559-21-2（平裝）

863.57　　　　　　　　　　109015346

風臨火山

作　　者　徐毅振
校　　對　徐毅振
專案主編　黃麗穎
出版編印　吳適意、林榮威、林孟侃、陳逸儒、黃麗穎
設計創意　張禮南、何佳諠
經銷推廣　李莉吟、莊博亞、劉育姍、李如玉
經紀企劃　張輝潭、洪怡欣、徐錦淳、黃姿虹
營運管理　林金郎、曾千熏
發 行 人　張輝潭
出版發行　白象文化事業有限公司
　　　　　412台中市大里區科技路1號8樓之2（台中軟體園區）
　　　　　出版專線：（04）2496-5995　　傳真：（04）2496-9901
　　　　　401台中市東區和平街228巷44號（經銷部）
　　　　　購書專線：（04）2220-8589　　傳真：（04）2220-8505
印　　刷　基盛印刷工場
初版一刷　2020年12月
定　　價　220元

白象文化　印書小舖　出版・經銷・宣傳・設計
www.ElephantWhite.com.tw　f 自費出版的領導者　購書 白象文化生活館